AF453908

LE SÉQUESTRE DES BIENS
DE
M. DE MERCY-ARGENTEAU

(1793-an III)

D'APRÈS LES ARCHIVES DU MINISTÈRE DES AFFAIRES ETRANGÈRES

THÈSE POUR LE DOCTORAT ÈS LETTRES

présentée à la Faculté des Lettres de l'Université de Paris

PAR

Pierre ROBIN

EDITIONS SPES
17, rue Soufflot, 17
PARIS
—
1929

LE SÉQUESTRE

DES BIENS DE M. DE MERCY-ARGENTEAU

(1793-an III)

LE SÉQUESTRE DES BIENS
DE
M. DE MERCY-ARGENTEAU

(1793-an III)

D'APRÈS LES ARCHIVES DU MINISTÈRE DES AFFAIRES ETRANGÈRES

THÈSE POUR LE DOCTORAT ÈS LETTRES

présentée à la Faculté des Lettres de l'Université de Paris

PAR

Pierre ROBIN

EDITIONS SPES

17, rue Soufflot, 17

PARIS

—

1929

INTRODUCTION

Florimond-Claude de Mercy-Argenteau, ambassadeur d'Autriche en France de 1766 à 1792, était né à Liège en 1727. Ayant perdu sa mère à l'âge de deux jours, il avait été élevé par son oncle le baron de Rouveroy, puis par son oncle d'Argenteau, en Belgique, jusqu'à dix ans. Il avait fait ensuite ses études à Vienne, puis à l'Académie de Turin.

Son père eût voulu qu'il entrât alors dans le métier militaire, mais sa santé, trop faible pour cela, l'en empêche. En 1751, Mercy arrive à Paris, et s'y fait agréer par le prince de Kaunitz comme chevalier d'ambassade. Au début de 1753, cependant, le prince quitte Paris, et Mercy le suit. Il obtient alors, par la protection de Kaunitz, devenu chancelier, le titre de ministre plénipotentiaire à la Cour de Turin. Il y reste sept ans, jusqu'en 1761, date à laquelle il est nommé ambassadeur à Saint-Pétersbourg. Dès lors, il devient une importante personnalité diplomatique ; et, en 1766, il est désigné pour remplacer à Paris le comte de Stahremberg. C'est là que nous le retrouvons au moment de la Révolution, grand seigneur, et occupant brillamment son poste.

En 1766, il lui avait fallu trouver un logement, et il avait loué, pour 16.000 livres, le Petit Luxembourg ; il s'y était installé presque aussitôt, après un bref séjour à l'hôtel d'Auvergne (1). Il est à cette époque assez répandu dans la société de Versailles

Aujourd'hui, 28, rue Saint-Dominique.

et de Paris ; il se plaît en France, et songe même bientôt à y acquérir quelques biens.

En 1768, il avait reçu, dans l'héritage de son père, la magnifique terre d'Högyesz en Hongrie, qui rapportait 100.000 livres de rente, et qu'il vendit en 1771 pour près de 2 millions. Après d'assez nombreuses recherches, il achète l'année suivante une maison de campagne et quelques terres à Chennevières, près de Conflans-Sainte-Honorine, sur une colline dominant le confluent de l'Oise et de la Seine. En 1775, il devient le gros seigneur du pays, par l'acquisition pour 390.000 livres de la terre de Neuville et de la baronnie de Conflans ; l'ancien domaine du marquis de Castellane comprenait un joli château, un magnifique parc, des prés, des vignes et des bois, le tout à proximité de Paris et de Versailles (1). Grand seigneur, assez distant et jaloux de ses droits, Mercy semble avoir été dans la région peu populaire, quoiqu'il fût assez généreux et charitable.

En 1780, il acquiert de grandes plantations à Saint-Domingue. Capitaliste avisé, il fait en même temps fructifier ses biens dans la banque de son ami Laborde-Méréville. Celui-ci, d'accord avec Mercy, fit construire, sur les anciens jardins de l'hôtel de Souvré, un immeuble dont il garda la nu-propriété et dont l'ambassadeur fut usufruitier. L'hôtel se développait le long des nouveaux boulevards, près du carrefour de la rue de Richelieu et de celle de la Grange-Batelière (2).

(1) La terre de Chennevières fut vendue le 28 décembre 1790 à Mlle Levasseur pour 30.000 livres, mais cette vente fictive n'avait pour but que de lui permettre d'en hériter ; et en fait Mercy (qui s'en était réservé l'usufruit) restait considéré comme le propriétaire. La terre de Neuville, au contraire, fut vendue réellement en janvier 1791 à M. Picquefeu de Bermon pour 300.000 livres.

(2) Aujourd'hui, 16, boulevard Montmartre. Ces renseignements sont empruntés au livre du Comte de Pimodan : *Le Comte F.-C. de Mercy-Argenteau*. Paris 1911. Ce livre, fort intéressant, est le plus complet des ouvrages qui ont paru sur M. de Mercy. L'auteur, qui n'a pas ou qui a peu consulté les archives du Ministère des Affaires Etrangères, note que ses biens furent confisqués en 1793, mais il n'en étudie pas les modalités et la discussion qui suivit.

C'est là que Mercy vint s'installer en 1780, et c'est là qu'il habitait encore au moment de la Révolution. A la suite des événements de 1789, d'ailleurs, l'ambassadeur quitta la France, le 9 octobre. Il laissait à l'hôtel de l'ambassade M. de Blumendorf, chargé d'affaires, et deux de ses secrétaires particuliers pour veiller à ses biens, Kruthoffer et Dunckel. Le 1ᵉʳ décembre 1790, Mercy était nommé ministre plénipotentiaire d'Autriche à Bruxelles pour y rétablir les rouages du gouvernement. C'est là qu'il séjourna en 1791 et 1792, tout en restant en titre ambassadeur d'Autriche en France.

Vu l'état de tension de jour en jour plus aiguë des rapports franco-autrichiens, la guerre semblait au surplus imminente. Tous sentaient qu'elle allait éclater ; et, dès la fin de 1791, M. de Mercy, craignant pour ses propriétés, commença à faire passer en Belgique tous les biens qu'il pouvait exporter (1). Sous divers prétextes, réparations, aménagements... il fit enlever ses bronzes, horloges, objets d'art, et beaucoup furent expédiés à Bruxelles.

Mais la guerre, qui fut bientôt un fait accompli, n'allait-elle pas lui créer des difficultés ? Proposée le 20 avril par Louis XVI, elle fut déclarée le jour même à l'Autriche à la suite d'un vote quasi unanime de l'Assemblée Législative. Quelle allait être la situation de M. de Mercy pour ses biens ?

Il faut faire ici une distinction, commandée par la logique, et reconnue par le Droit public. L'ambassade d'Autriche ne possédait en France que des biens meubles : quant à ceux-ci, et aux papiers et effets des membres de la mission Impériale, ils étaient sous la sauvegarde du Droit des gens et pouvaient être exportés librement, sans aucune difficulté. Quant aux biens personnels du comte, celui-ci ne les avait acquis que comme un simple particu-

―――――

(1) En 1789, d'ailleurs, au moment des journées d'octobre, ses domaines en Seine-et-Oise avaient failli être attaqués.

lier étranger. Il fallait donc les considérer comme soumis aux lois concernant les étrangers, et sous leur protection.

Dans notre livre concernant le séquestre des biens ennemis sous la Révolution, nous avons étudié ce que devinrent les propriétés des étrangers sous le nouveau régime : vu l'état de guerre entre la France et la plupart des Etats européens, la Convention en 1793 fut conduite à prendre des mesures sévères, et à séquestrer leurs biens. La loi du 7 septembre mit sous la main de l'administration les biens de tous les sujets ennemis, mais elle fut rapportée dès le lendemain (1). Celle du 19 vendémiaire ordonna la mise sous séquestre des propriétés anglaises. Cependant, durant l'an II, on confia à la Régie les biens de tous les sujets ennemis, comme si la loi du 7 septembre n'avait pas vu suspendre son exécution.

En application de ces lois, les propriétés personnelles de M. de Mercy eussent dû être séquestrées au début de l'an II. Mais, en fait, il n'en fut pas ainsi ; la plupart des sujets ennemis furent à tort portés sur la liste des émigrés, et virent confisquer leurs biens, ce qui était plus grave. La mesure pour ces derniers était illégale, au moins jusqu'à la loi du 28 mars 1793 ; celle-ci décida, en effet, que l'on pourrait les inscrire sur la liste, s'ils avaient un domicile en France ou s'ils y avaient exercé les droits de citoyens français.

Cela pouvait-il s'appliquer à M. de Mercy, comme à d'autres étrangers ? L'affirmative, semble-t-il, ne peut être soutenue. Reconnu comme ambassadeur d'Autriche durant vingt-six ans, il n'avait pu, à aucun moment, jouir en France des droits de citoyen, puisque son caractère d'étranger était, à raison de sa fonction, de notoriété publique. D'autre part, les ambassades jouissant du privilège de l'extra-territorialité, son domicile de droit n'était pas à proprement parler en France, et les propriétés ou hôtels

---

(1) La loi du 16 août avait déjà séquestré les biens des sujets espagnols.

particuliers qu'il avait acquis et qu'il habitait n'étaient que de simples résidences.

Et pourtant l'administration, et même le Gouvernement, le considérèrent comme émigré. Cependant son absence, en 1792 et 1793, ne pouvait guère lui être reprochée, l'ambassadeur d'une Puissance ennemie n'étant pas dans l'usage de rester dans un Etat qui engage avec le sien des hostilités. Or les lois concernant l'émigration étaient beaucoup plus sévères que celles qui furent portées contre les sujets ennemis. Prises dès 1792, donc bien plus tôt, elles prononçaient la confiscation des biens visés, et non un simple séquestre. De plus, elles ne furent pas rapportées à la fin du régime conventionnel, alors que les mesures prises contre les biens des sujets ennemis furent suspendues par la loi du 14 nivôse an III.

Mais les lois contre les émigrés allaient-elles s'appliquer à M. de Mercy dans toutes leurs conséquences ? L'importance du personnage, le fait qu'il pouvait légitimement revendiquer la protection du Droit des gens, au moins pour certains de ses biens, et en tous les cas le fait qu'il devait être tenu pour étranger, tout cela n'allait-il pas contribuer à le préserver de la rigueur des lois ?

Nous verrons qu'il n'en fut rien, et de nombreux textes conservés dans les archives du Ministère des Affaires Etrangères montrent que ses biens ne furent pas exceptés des mesures de séquestre ou de confiscation qui atteignirent ceux de tous les émigrés. Ce sont ces pièces, conservées dans les registres 363 et 364 de la correspondance politique de l'Autriche, que nous publions ici. L'on y trouve les réclamations du fondé de pouvoir de M. de Mercy pendant trois ans (1), et les discussions, fort curieuses au point de vue du Droit des gens et de l'application des lois révolutionnaires, qu'il eut à soutenir avec l'administration. Ces textes sont

____

(1) M. de Mercy mourut à Londres le 25 août 1794.

intéressants parce qu'ils montrent bien l'état d'esprit des autorités d'alors, et comment furent appliquées les lois d'exception portées contre l'émigration, législation terrible qui devait pendant vingt ans perpétuer le souvenir des luttes de la Révolution.

CHAPITRE PREMIER

Lorsque la guerre fut, le 20 avril 1792, déclarée à S. M. le Roi de Hongrie et de Bohême, les intérêts autrichiens étaient gérés à Paris par M. de Blumendorf, chargé d'affaires. Celui-ci, en même temps, veillait quelque peu aux intérêts privés de M. de Mercy, et c'était lui qui, durant les mois de février et de mars, avait fait passer en Belgique quelques-uns des meubles et effets que l'ambassadeur voulait enlever de France. Il avait protesté auprès de Clavière et de Dumouriez, les caisses ayant été arrêtées à la douane de Valenciennes.

A raison de la déclaration de guerre, Blumendorf craignit que ces expéditions ne rencontrassent plus d'obstacles encore ; peut-être même les propriétés et les biens de Mercy allaient-ils être menacés ! Aussi, sur sa demande, Dumouriez sollicita de l'Assemblée, le 21 avril, une déclaration solennelle qui mettrait les biens de l'ambassade et des membres de la mission Impériale sous la sauvegarde du Droit des gens. Voici la lettre qu'il adressait à l'Assemblée à cet effet (1) :

Paris, le 21 avril 1792, l'an 4ᵉ de la Liberté.

Monsieur le Président,

Le décret qui décide la guerre contre le Roy de Hongrie et de Boëheme (*sic*) pourrait occasionner quelques dangers à M. de Blumendorf, chargé des affaires de la Cour de Vienne à Paris, si

(1) *Archives du Ministère des Affaires Etrangères.* Autriche 363, folio 315.

l'Assemblée Nationale ne se pressait de porter un décret qui mette cet agent diplomatique sous la sauvegarde du Droit des gens, de la foy publique et de la loyauté de la Nation française, ainsi que ses domestiques, effets et papiers.

Plus la cause qui nous fait prendre les armes est légitime, plus la Nation française présentera à tous les peuples l'exemple de la noblesse, de la justice et de la générosité.

Le Ministre des Affaires Étrangères.

L'Assemblée passa sur cette demande à l'ordre du jour, motivé par le fait que ç'eût été marquer un doute injurieux à l'égard de la France, la chose allant de soi, et le Droit des gens garantissant l'ambassade, et aussi l'ambassadeur, tant dans sa personne que dans ses biens. Au surplus Dumouriez, en communiquant à M. de Blumendorf la décision de l'Assemblée, lui promit d'observer à l'égard de M. de Mercy la parfaite réciprocité du traitement qu'aurait obtenu à Vienne M. de Noailles, et de lui laisser tout le temps nécessaire pour expédier tous les effets et les meubles de la mission Impériale.

Au mois de mai cependant, il se produisit de nouvelles difficultés pour les expéditions, la douane de Valenciennes ayant à nouveau arrêté divers ballots d'effets ; et M. de Blumendorf dut intervenir auprès du ministre des affaires étrangères. Mais lui-même allait quitter la France, puisque, la guerre existant entre la France et l'Autriche, il n'y avait pas lieu de maintenir une représentation diplomatique à Paris : le 17 mai, il demandait ses passeports.

Pourtant M. de Mercy craignait pour ses biens ; et, comme M. de Blumendorf ne pouvait désormais y veiller, il décida de laisser à Paris son secrétaire particulier Kruthoffer pour les gérer en son absence. Celui-ci fut recommandé à Dumouriez, le 23, par la lettre suivante (1) :

---

(1) Autriche 363, folio 376.

Monsieur,

M. Kruthoffer, qui aura l'honneur, Monsieur, de vous remettre la présente lettre, est celui des deux secrétaires particuliers que M. le Comte de Mercy a cru devoir laisser à Paris pour y surveiller sa maison, ses effets, ainsi que les arrangements que ledit Ministre est dans le cas d'y faire prendre relativement à ses intérêts particuliers. J'ai l'honneur de le recommander au nom de M. le Comte de Mercy à vos bontés, et de vous prier, Monsieur, en cas que les circonstances l'obligeassent de réclamer la protection du Ministère, de vouloir bien diriger sa marche, et lui faciliter les moyens d'obtenir toute aide et assistance dont il pourrait avoir besoin.

Je saisis avec bien de l'empressement cette occasion pour vous témoigner toute ma sensibilité des marques d'attention et d'amitié que vous m'avez données dans les derniers temps de mon séjour à Paris. Pénétré d'ailleurs de reconnaissance de toutes les bontés que Monsieur Dumouriez m'a fait éprouver, voudriez-vous bien, Monsieur, être l'interprète de ces sentiments auprès du Ministre, et agréer en même temps les assurances du très parfait et sincère attachement avec lequel j'ai l'honneur d'être,

Monsieur,
votre très humble et très obéissant serviteur.

DE BLUMENDORF.

A Paris, le 23 mai 1792.

Il semblait donc que les biens de M. de Mercy fussent en sûreté, d'après la déclaration de l'Assemblée Nationale et la promesse ministérielle qui l'avait suivie. Pourtant, la Révolution continuait son cours orageux ; les journées révolutionnaires se succédaient, et l'effervescence populaire s'accroissait chaque jour. La Révolution du 10 août eut son contre coup en province, comme partout. La haine contre la noblesse, les propriétaires, les étrangers, allait-elle épargner M. de

Mercy, un de ces privilégiés de l'Ancien Régime ? Le 14 août, Kruthoffer se plaignait par la lettre suivante, adressée au ministre des affaires
étrangères, que la propriété de Mercy à Chennevières eût été
violée (1) :

Le Comte de Mercy-Argenteau, ci-devant ambassadeur de la
Cour de Vienne près Sa Majesté Très-Chrétienne, prit, lors de
son départ de France, deux soldats du régiment des gardes suisses
pour garder la maison qu'il possède au hameau de Chennevières,
municipalité de Conflans-Sainte-Honorine, district de Saint-Germain-en-Laye. Un de ces soldats, sorti depuis du régiment par
congé absolu, s'est marié et établi dans ledit hameau. Les derniers
événements de la capitale ont exposé ces deux individus à la
poursuite du peuple. Pour le contenir, la municipalité de Conflans, secondée par les commandants de la garde nationale, s'est
transportée à ladite maison, et sa sagesse y a prévenu le désordre.
Mais la commune de Conflans a profité de cette occasion pour
exiger une visite générale, sous prétexte qu'on avait caché dans
la maison des soldats suisses, des armes et des munitions. Le
jardinier-concierge a été obligé d'ouvrir toutes les portes dont il
avait les clefs. Il était dépositaire de quelques fusils de chasse
destinés à la garde de la maison ; souvent il en avait prêté aux
habitants du hameau, lorsque des ordres supérieurs les obligeaient
à monter la garde pour veiller à la sûreté du canton. La municipalité a fait la saisie de ces fusils, à l'exception de deux qu'elle
a laissés au concierge. Une nouvelle visite doit se faire incessamment dans les endroits et armoires dont le concierge n'avait
point les clefs, qui lui ont été remises depuis pour empêcher des
voies de fait.

Les propriétés et les personnes qui appartiennent au Comte de

____

(1) Autriche 363, folio 412.

Mercy étant sous la protection du Droit des gens, et sous la sauvegarde de la loyauté française, suivant la déclaration de l'Assemblée Nationale faite lors du départ de M. de Blumendorf, chargé d'affaires de la Cour de Vienne, Kruthoffer, secrétaire particulier dudit Comte de Mercy, a l'honneur d'informer le Ministère des affaires étrangères de l'atteinte qui vient d'y être portée par la commune de Conflans-Sainte-Honorine, et de réclamer de sa justice les mesures convenables pour que les fusils saisis soient restitués, et que les biens ainsi que les personnes appartenants (*sic*) au Comte de Mercy jouissent, sans troubles, de la protection qui leur a été assurée.

Paris, le 14 août 1792.

Bientôt, fait plus grave, les caves de la maison furent mises au pillage, dans la nuit du 21 au 22 août. Le reste fut près de subir le même sort, et, le 23, Kruthoffer sollicitait des ordres ministériels pour empêcher tous nouveaux troubles. Voici la note qu'il envoyait au ministère à cette occasion (1) :

En réclamant l'assistance du Gouvernement pour la conservation des propriétés et des personnes que M. le Comte de Mercy-Argenteau, en quittant son ambassade, a été forcé par les circonstances de laisser en France sous la protection du Droit des gens et sous la sauvegarde de la loyauté française, Kruthoffer connaissait les dangers imminents qui les menaçaient. Les caves des maisons que ledit Comte possède à Chennevières et à Con-

(1) **Autriche 363**, folio 414. Au ministère fut rédigée la note suivante (folio 413).
Note sur les gens de M. Mercy.
M. de Mercy réclame le Droit des gens et demande protection et sûreté pour ses effets et ses gens. Il observe que, la guerre ayant été déclarée peu après son départ, il n'a pu faire transporter ses effets : ainsi le caractère d'ambassadeur continue de couvrir tout ce qui lui appartient.
Ses gens et ses effets sont à Conflans-Sainte-Honorine.
23 août 1792.

2

flans-Sainte-Honorine viennent d'être pillées par le peuple. Le reste du mobilier est exposé au même sort, et l'on menace même de mettre le feu aux maisons. La force publique a été impuissante en cette occasion, et il est à craindre que le crime ne se consomme, si le Ministère ne se hâte de prendre des mesures vigoureuses pour faire respecter la loi, et pour assurer à M. le Comte de Mercy la protection que le Droit des gens et l'honneur national doivent lui garantir.

Kruthoffer a l'honneur de renouveller (*sic*) à cet égard ses plus pressantes instances.

Paris, le 23 août 1792.

Le 25, tout en reconnaissant que les droits de Mercy avaient été lésés, le ministre renvoyait Kruthoffer à se pourvoir devant les tribunaux de Saint-Germain. En effet, pour ses propriétés privées, M. de Mercy se trouvait être un simple particulier. Voici la lettre qu'écrivait alors le ministre (1) :

M. Krutoefer (*sic*), secrétaire de M. de Mercy.

Paris, le 25 août 1792,
l'an 4me de la Liberté.

Ce n'est plus à moi, Monsieur, que vous devez adresser les réclamations relatives aux propriétés de M. Mercy (*sic*), mais bien aux autorités constituées des lieux où se trouvent les propriétés de M. de Mercy.

En effet, tant que la mission de M. de Mercy a duré en France, son caractère l'a mis sous la protection immédiate du Droit des gens ; mais, dès que cette mission a cessé par l'effet de la guerre, ses propriétés se sont trouvées dans la classe de celles de tous les étrangers, c'est-à-dire qu'aux termes de l'article dernier du

---

(1) Autriche 363, folio 415.

titre VI de la Constitution, elles sont sous la sauvegarde de nos loix (*sic*). Or nos loix veulent que, lorsqu'un particulier est lézé (*sic*), il s'adresse aux tribunaux si le délit a été commis par des individus, ou aux corps administratifs, lorsque les municipalités se sont rendues coupables de quelque délit ou ne se sont pas efficacement opposées aux délits qui ont (1) été commis dans leur ressort : ainsi, dans l'affaire dont il s'agit, c'est aux membres du district de Saint-Germain-en-Laye qu'il convient que vous vous adressiez, si vous le jugez à propos, parce que c'est d'eux que dépend la municipalité de Conflans-Sainte-Honorine.

LE MINISTRE DES AFFAIRES ÉTRANGÈRES.

En fait, pendant quelque temps, il n'y eut pas de menace imminente pour les biens de Mercy, et l'effervescence populaire se calma un peu. Cependant, à la fin de 1792, à la suite notamment des lois votées en septembre contre les émigrés, il y avait dans les départements beaucoup d'inscriptions sur la liste des émigrés. Ceux qui étaient absents y étaient portés, sans qu'on cherchât beaucoup les causes de leur absence, ni si celle-ci n'était que passagère. Or M. de Mercy n'était pas en France, et pour cause. Aussi le peuple des environs se mit à réclamer son inscription : n'était-il pas émigré, et susceptible d'être inscrit ? Le 15 septembre, Roland écrivait au ministre des affaires étrangères, pour lui demander son avis, la lettre que voici (2) :

> Paris, le 15 décembre 1792,
> l'an 1er de la République.
>
> Le Ministre de l'intérieur
> au Ministre des affaires étrangères.

Des renseignements qui me sont adressés de Saint-Germain-en-Laye m'apprennent que le peuple de ces environs veut considérer

(1) Le ministre avait d'abord écrit « auraient ».
(2) Autriche 363, folio 437.

comme émigré le ci-devant ambassadeur d'Empire en France, le Comte de Mercy-Argenteau, qui paraît avoir des propriétés assez considérables à Conflans-Sainte-Honorine et Chenevière (*sic*).

Je vous prie donc de me faire connaître ce que votre administration peut vous mettre à portée de savoir à cet égard, et de me procurer incessamment les éclaircissements qui serviront à me déterminer sur ce qu'il conviendrait de faire ultérieurement à cet égard.

Trouvez bon que je vous observe que je vous ai demandé déjà sur plusieurs divers renseignements qui ne me sont pas parvenus.

ROLAND.

Le 9 janvier, le ministre consulté répondait à son collègue par un avis très net, dans lequel il envisageait la question dans les termes ci-dessous (1) :

Paris, 9 janvier,
l'an II de la République.

Le Ministre des affaires étrangères
au Ministre de l'intérieur.

Vous me demandez, mon cher collègue, des éclaircissements qui vous sont, dites-vous, nécessaires pour prendre un parti relativement à l'avis qui vous a été adressé que les habitants des environs de Saint-Germain-en-Laye veulent considérer comme propriétés d'émigré les biens que possède dans ce canton le Comte de Mercy-Argenteau, ci-devant ambassadeur de l'Empire en France.

Le doute que votre demande annonce peut en quelque sorte excuser l'erreur de ces citoyens, mais, comme votre incertitude

(1) Autriche 364, folio 3.

fait une question de ce qui ne peut en être une, je m'empresse de vous donner les éclaircissements que vous désirez.

Le Comte de Mercy-Argenteau possède en effet des biens à Conflans-Sainte-Honorine et à Chennevières, mais il est évident que ces propriétés ne peuvent être dans le cas du décret sur les biens des Français émigrés. Le Comte de Mercy est étranger, et reconnu pour tel. Ce serait donc une ridicule absurdité de prendre son absence pour une émigration, et vous sentez que ce serait violer tous les principes et méconnaître le décret que de l'appliquer aux propriétés d'un étranger.

Ainsi, mon cher collègue, les biens que le Comte de Mercy possède à Conflans et à Chennevières doivent rester sous la sauvegarde du Droit des gens. D'après l'erreur des habitants de ces cantons, vous jugerez sûrement qu'il est nécessaire qu'on leur fasse bien connaître l'esprit du décret, et il appartient à votre administration comme à vos sentiments d'étendre cette partie importante de l'instruction publique.

LE MINISTRE DES AFFAIRES ÉTRANGÈRES.

Jusque là, seuls les biens du comte en Seine-et-Oise avaient été menacés (1). Mais, au début de février, c'est sur son hôtel personnel de Paris, c'est sur les meubles et effets de l'ambassade que l'on vient apposer les scellés, ce qui semble bien une violation du Droit des gens. Aussi, le 5, Kruthoffer expose ses protestations au ministre par la lettre ci-dessous (2) :

Monsieur,

Un commissaire du Département de Paris, accompagné du commissaire de police de la section du Mont-Blanc, sont (*sic*) occu-

____

(1) Notons qu'au mois de janvier Kruthoffer obtint la permission d'expédier en Belgique quelques effets de Mercy : mais celle-ci ne servit qu'à deux envois, car elle fut presque aussitôt révoquée.

(2) Autriche 364, folio 7.

pés en ce moment à mettre les scellés sur les effets de l'ambassade Impériale, et à établir un gardien dans l'hôtel de M. le Comte do Mercy-Argenteau. Je m'empresse, Monsieur, de vous dénoncer cette violation du Droit des gens, en vous priant de vouloir bien prendre les mesures convenables pour en effectuer le redressement. Vous n'ignorez point qu'à l'époque de la déclaration de guerre le personnel et les effets de ladite ambassade ont été mis sous la sauvegarde de la loyauté française, par l'Assemblée Législative ; que M. Dumouriez en donna l'assurance officielle à M. de Blumendorf, chargé d'affaires de la Cour de Vienne, et que ces effets seraient depuis longtemps exportés de France, si les mouvements des armées françaises n'en avaient empêché le passage, et si j'avais obtenu les passeports demandés pour leur libre sortie.

Je me suis présenté plusieurs fois à vos audiences, sans avoir eu l'honneur de parvenir jusqu'à vous, Monsieur ; craignant d'éprouver le même sort, je prends la liberté de vous adresser ma juste réclamation par écrit, persuadé comme je dois l'être qu'il suffira que vous en connaissiez l'objet pour vous déterminer à faire jouir M. le Comte de Mercy et M. de Blumendorf de la protection du Droit des gens, et de la réciprocité des égards que M. de Noailles éprouva lors de son départ de Vienne.

J'ai l'honneur d'être, avec respect,

Monsieur,

votre très humble et très obéissant serviteur.

KRUTHOFFER.

Paris, le 5 février 1793,
l'an 2ᵐᵉ de la République.

Le 12 février, le ministre répondait à Kruthoffer par la lettre que nous reproduisons ci-dessous. Tout en reconnaissant qu'en droit celui-ci avait raison, il déclarait que c'était là une simple mesure de représailles contre l'Autriche, qui prendrait fin lorsque celle-ci traiterait les nationaux français suivant les principes du Droit des gens (1).

> Paris, le 12 février,
> l'an 2ᵐᵉ de la République,

Le Ministre des affaires étrangères
à M. Kruthoffer.

Vous dénoncez par votre lettre du 5 février comme une violation du Droit des gens l'apposition des scellés par le Département de Paris sur les effets appartenant à M. de Mercy-Argenteau, ci-devant ambassadeur de l'Empire, et vous me priez de prendre des mesures pour en effectuer le redressement.

Le Conseil exécutif provisoire, fidèle aux principes du Droit des gens que la République Française connaît, respecte et sait observer, était au moment d'ordonner la levée de ces scellés d'après la qualité d'étranger du propriétaire. Je partage entièrement à cet égard les sentiments de mes collègues, mais, malgré la conformité de nos principes, je me suis opposé à l'ordre qu'ils allaient donner. Puisque c'est vous qui réclamez au nom de M. de Mercy, je vous dois de vous faire part des raisons qui ont motivé mon opinion et qui ont déterminé le *Conseil* à l'adopter.

La sûreté et *la liberté* sont assurément les premières obligations du Droit des gens. Le Gouvernement autrichien les enfreint tous les jours envers des Français non émigrés, que leurs affaires ont conduits sur son territoire, et qui observent paisiblement les lois de police du pays. On les arrête, on les emprisonne par ses ordres. Son influence despotique associe à l'exercice de cette violation des villes Impériales elles-mêmes. Ces faits sont certains : j'en ai des preuves que je peux produire.

Partout et dans tous les temps, on a tiré du Droit des gens le

____

(1) Autriche 364, folio 8.

principe général *que chaque peuple doit se conduire à l'égard des autres comme il souhaite que les autres se conduisent à son égard.* Il en résulte que la Cour de Vienne devrait s'attendre de notre part à la réciprocité d'une conduite qu'elle a tenue la première.

Cependant des Allemands voyagent et séjournent en France sans être inquiétés, sans même être apperçus (*sic*). Il serait pourtant rigoureusement conforme *au Droit des gens* d'user envers eux des mêmes procédés. Mais c'est aux conséquences cruelles de ce droit que le gouvernement de la République Française s'arrête exclusivement.

S'il respecte en cela les maximes de la nature et de l'humanité, il doit néanmoins chercher à contenir l'odieuse vexation du Gouvernement autrichien envers des Français paisibles, et c'est un droit de représailles bien légitime, mais bien adouci, que celui que le Conseil exerce dans *l'embargo* mis sur les effets de M. de Mercy. Le sort de nos concitoyens en Allemagne n'autorise que trop une vengeance qui égale si peu les procédés de nos ennemis, et la réclamation de M. de Mercy ne serait fondée que si nous n'en avions pas nous-mêmes une à faire, et antérieure et bien plus grande.

J'ai cru devoir entrer avec vous dans ces développements pour vous donner une idée juste d'une opinion qui ne tire pas seulement sa force des circonstances, mais de principes politiques généralement reconnus, et dont elle a même atténué la rigueur.

Le Ministre des affaires étrangères.

P.-S. — Au reste, il doit être aisé à M. de Mercy-Argenteau de faire cesser la prétendue violation contre laquelle vous réclamez. Il n'a qu'à obtenir de la Cour de Vienne que les Français n'y éprouvent plus les vexations notoires que je vous ai détaillées.

Pourtant, si le Conseil exécutif ne voyait dans la mesure qu'une représaille exercée contre l'Autriche, le Département de Paris, lui, considérait l'hôtel du Comte comme séquestré sur un émigré, et en disposait comme d'une maison nationale. Le 4 mars, Kruthoffer s'en plaignait à Garat par la lettre suivante (1) :

Au citoyen Garat, Ministre de la justice, faisant par intérim les fonctions du Ministre de l'intérieur.

Le soussigné, secrétaire particulier de M. le Comte de Mercy-Argenteau, ci-devant ambassadeur de la Cour de Vienne en France, a eu l'honneur de réclamer la justice du Ministre à l'occasion du scellé apposé par ordre du Département de Paris sur les effets dudit ambassadeur. Cette mesure de rigueur a été maintenue par le Ministre des affaires étrangères, non en appliquant ici la loi décrétée contre les émigrés, mais par droit de représailles des traitements exercés envers les Français en Allemagne. Dans l'exercice de ce droit, la parité des personnes et des faits n'a pas été observée, et M. de Mercy, comme Ministre étranger revêtu d'un caractère public, peut et doit s'attendre à la réciprocité des égards observés envers l'ambassadeur de France à Vienne. Or il est notoire que M. de Noailles, loin d'éprouver le moindre empêchement, a trouvé au contraire toutes les facilités qu'il a pu désirer, tant pour l'expédition des effets que la libre sortie des personnes attachées à la mission française. Mais, en n'ayant même aucun égard à cette réclamation, l'embargo mis sur les effets de M. de Mercy ne devrait être que conditionnel, puisque le Ministre des affaires étrangères s'est exprimé dans sa réponse au soussigné comme il suit :

« Au reste, il doit être fort aisé à M. de Mercy-Argenteau de « faire cesser la prétendue violation contre laquelle vous récla-

____

(1) Autriche 364, folio 9. La lettre fut renvoyée au ministre des affaires étrangères.

« mez. Il n'a qu'à obtenir de la Cour de Vienne que les Français
« n'y éprouvent plus les vexations notoires que je vous ai dé-
« taillées. »

Cependant le Département de Paris, rangeant M. de Mercy dans
la classe des émigrés, commence à exécuter la loi à son égard en
disposant d'une partie de la maison que cet ambassadeur occupait pour y établir une division des Bureaux de la guerre.

Le soussigné a réclamé contre cette disposition en observant
que du moins il fallait lui laisser le temps nécessaire pour informer M. de Mercy de l'état des choses, surtout dans les circonstances actuelles où les mouvements des armées arrêtent le cours
des postes sur les frontières d'Allemagne. Cette réclamation n'a
pas été admise, et le soussigné se trouve à regret forcé d'importuner à nouveau le Ministre et de solliciter de ses bontés et de
sa justice les mesures propres à suspendre la marche du Département, et à épargner à M. de Mercy des procédés dont le caractère public qu'il a déployé en France aurait dû le garantir.

KRUTHOFFER.

Paris, le 4 mars 1793,
    l'an 2ᵉ de la République.

Le 6 mars, Kruthoffer envoyait une longue note au Conseil exécutif provisoire, en retraçant toute l'affaire et en s'élevant notamment contre la qualification d'émigré donnée à M. de Mercy. Le
mémoire était ainsi conçu (1) :

Au Conseil exécutif provisoire de la République Française.

Les scellés apposés par ordre du Département de Paris sur les
effets de M. le Comte de Mercy-Argenteau, ci-devant ambassadeur

____

(1) Autriche 364, folios 10 et 11.

Impérial en France, et contre lesquels le soussigné a réclamé, ont été maintenus par le Ministère des affaires étrangères à titre de représailles des traitements qu'éprouvent les Français en Allemagne.

Dans l'application de ce droit de représailles, la parité des personnes et des faits n'a point été observée. Suivant le principe général tiré du Droit des gens, *que chaque peuple doit se conduire à l'égard des autres comme il souhaite qu'on se conduise à son égard*, M. de Mercy a droit de réclamer la parfaite réciprocité des égards et du traitement dont on a usé envers M. de Noailles lors de son départ de Vienne.

Il est notoire que cet ambassadeur a retiré tous ses effets et les personnes attachées à la mission française sans le moindre obstacle, avec des passeports et avec toutes les facilités qu'il a pu désirer, sans qu'on exigeât de lui le paiement d'aucun droit quelconque.

Le soussigné, chargé de l'expédition des effets de M. de Mercy, n'a point éprouvé les mêmes facilités. Une caisse de farine de bled (*sic*) de Turquie, venant d'Italie, et expédiée par transit avec la permission du Ministère de France, avant la déclaration de guerre, se trouve encore en état de saisie à la douane de Valenciennes par ordre de la municipalité de ladite ville. Il a été obligé d'acquitter les droits de sortie pour tous ses envois de vins, et la permission d'expédier le restant du mobilier de la mission Impériale, obtenue après deux mois de sollicitations, n'a subsisté que peu de jours ; leur (*sic*) prompte révocation est une nouvelle preuve que la réciprocité n'a jamais été observée envers M. de Mercy, qui, ne pouvant exporter ses effets dès le commencement des hostilités, où les mouvements des armées françaises empêchaient les communications, les laissa avec confiance sous la protection du Droit des gens et de la loyauté française, après la déclaration de l'Assemblée Législative concernant la sûreté des personnes et effets appartenant aux missions étrangères, communiquée officiellement par le Général Dumouriez à M. de Blumendorf, chargé d'affaires de la Cour de Vienne, et sur la promesse formelle de ce Ministre qu'il aurait tout le temps et les passeports nécessaires à l'exportation desdits effets.

Le Ministère des affaires étrangères fonde la voie de rigueur qu'il a prise à l'égard de M. de Mercy sur les rapports qu'il a reçus des mauvais traitements exercés envers les Français en Allemagne. Quand même ces rapports ne pourraient être soupçonnés d'exagération ou de partialité, il n'en résulte pas moins que ledit Ministère s'érige en juge des mesures que les Puissances étrangères croient devoir prendre dans leurs Etats pour le maintien de la tranquillité publique, ce qui est diamétralement opposé aux déclarations réitérées faites par la Nation française assemblée de ne vouloir s'immiscer en rien dans le régime intérieur des Gouvernements étrangers.

En admettant même la légalité de l'embargo dont il s'agit, il ne pourrait être que conditionnel, et le Ministère des affaires étrangères lui-même l'insinue, en disant qu'il doit être fort aisé à M. de Mercy de le faire cesser en obtenant de la Cour de Vienne que les Français y soient mieux traités. Pour que l'embargo produise cet effet, il faut donc laisser les choses *in statu quo*, et accorder le temps nécessaire aux communications par lettres, dont par une suite des opérations militaires le cours est maintenant si irrégulier.

Il y a bien loin d'une pareille mesure à une saisie réelle, et cependant le Département de Paris l'exerce sur tous les effets de M. de Mercy et sur la maison qu'il occupait, où, d'après l'ordre dudit Département, plusieurs bureaux du Ministère de la guerre vont être installés.

Ledit Département prétend ranger M. de Mercy dans la classe des émigrés. Chargé d'une mission particulière par son souverain,

il avait quitté la France avant la déclaration de guerre : depuis
cette époque, il ne pouvait y rentrer comme étranger sans accumuler sur lui les défiances et les soupçons, même dans le cas que
les propriétés qu'il y possède auraient pu le faire regarder comme
Français. Mais M. de Mercy ne peut être considéré comme tel,
et, s'il était possible de lui contester sa qualité d'étranger, on en
trouverait la preuve dans l'arrêt du Conseil qui, en 1776, prononça
à son égard et pour ses héritiers naturels l'abolition du droit
d'aubaine existant alors pour les colonies françaises. Une pareille
faveur ne pouvait être sollicitée et obtenue que par un étranger.
Sa qualité n'a point changé depuis.

La loi décrétée contre les émigrés ne peut donc être appliquée
à M. de Mercy, et, sous tous les rapports, le procédé arbitraire
du Département de Paris est une violation manifeste du Droit des
gens sous la protection duquel et de la loyauté nationale l'Assemblée Législative avait mis les effets et les personnes de la mission
Impériale. La loi qui ordonne de respecter et de protéger les propriétés se trouve également enfreinte, et à ce double titre le
soussigné a l'honneur de réclamer la justice du Conseil exécutif
provisoire, en le suppliant de prendre les plus promptes mesures
pour arrêter la marche du Département de Paris, et pour faire
cesser une vexation dont l'histoire des relations politiques entre
toutes les Nations policées n'offre aucun exemple.

KRUTHOFFER

Secrétaire particulier de M. de Mercy.

Boulevard Montmartre, n° 24.

Paris, le 6 mars 1793,
    l'an 2ᵉ de la République.

La note d'ailleurs n'obtenait rien, l'affaire étant considérée comme
réglée depuis la lettre d'explications du 12 février. Le mémoire fut

classé avec la mention : « affaire traitée plusieurs fois; elle a été
terminée au Conseil et ensuite de vive voix avec Kruthoffer ». Quant
à la lettre envoyée à Garat, le 4, elle avait été transmise le 15 au
ministre des affaires étrangères, avec la note suivante (1) :

Paris, le 15 mars 1793, l'an 2ᵉ de la République.

Le Ministre de l'intérieur par intérim
au Ministre des affaires étrangères.

Le secrétaire particulier de M. le Comte de Mercy-Argenteau,
ci-devant ambassadeur de la Cour de Vienne en France, réclame
contre l'arrêté du Département de Paris qui a ordonné l'apposition des scellés sur les effets de cet ambassadeur, et il demande
que l'on suspende toute démarche ultérieure, jusqu'à ce que M. de
Mercy soit informé de l'état des choses. Comme il paraît que cette
apposition de scellés a eu lieu par des motifs particuliers dont
vous avez pris connaissance, je dois vous faire passer la lettre
de ce secrétaire en me référant absolument à ce que votre sagesse
vous suggérera à cet égard.

GARAT.

.M. de Mercy, cependant, qui était alors en Allemagne à Wesel,
s'inquiétait de ses propriétés ; et, le 17 mars, il envoyait à Kruthoffer
une longue lettre que nous reproduisons ci-dessous, et qui est inté-
ressante par les points de fait et de droit qu'il expose. On y trouve
à peu près tous les arguments qui pouvaient militer en faveur de la
thèse soutenue par Kruthoffer (2).

---

(1) Autriche 364, folio 13.
    Autriche 364, folios 14 et 15.

Extrait de la lettre de M. le Comte de Mercy-Argenteau à son secrétaire Kruthoffer, en date de Wesel, le 17 mars 1793.

Je ne puis vous exprimer la surprise dont j'ai été frappé à la lecture de votre lettre du 3 à M. Hoppé (1). Je l'ai chargé de vous mander quelques observations dont vous puissiez faire usage sans retard ; maintenant, je vais vous dire tout ce qui me reste à y ajouter.

Il ne tombe pas sous le sens que je puisse être regardé comme Français, bien moins encore comme émigré. Les interprétations les plus forcées, les prétextes les plus subtiles (*sic*) pour établir que je suis l'un ou l'autre disparaîtraient aux yeux de la raison par les motifs suivants :

Je suis né dans un pays libre ; le berceau de ma famille est où elle conserve encore son existence. Mes ancêtres, depuis plus d'un siècle, sans être sujets de la Maison d'Autriche, ont servi cette Puissance dans l'état militaire ainsi que je la sers depuis quarante ans dans la carrière politique.

Si j'ai possédé quelques biens territoriaux en France, ce n'a été que comme étranger et de la même manière que beaucoup de Français ont possédé et possèdent encore des biens de la même nature hors de leur patrie ; que si, ensuite de formes particulières à la France, les étrangers qui s'y trouvent possessionnés sont astreints à des usages locaux, comme de demander de temps à autres (*sic*) des permissions d'absence ou autres actes pareils, ce ne sont que des formalités. Chaque pays a les siennes ; il est du devoir d'un étranger de s'y conformer, quand il y a des intérêts ; mais rien de tout cela ne peut le forcer à renoncer à sa patrie réelle, ni l'investir d'une naturalisation qui lui imprime

(1) Celui-ci était, avec Kruthoffer et Dunckel, un des trois secrétaires particuliers du comte de Mercy.

la qualité de sujet d'un pays qui n'est pas le sien, en effaçant la qualité de sujet du pays où lui et ses ayeux (*sic*) ont pris naissance.

Voici donc une première base de droit naturel, qu'avec équité et justice il serait impossible de méconnaître ou de renverser ? d'autres considérations la renforcent à mon égard.

Quand un étranger se fait naturaliser dans un pays, c'est parce que son gouvernement lui convient, et, ce gouvernement vient-il à changer, il doit être libre à l'étranger de s'y soumettre ou de renoncer à sa naturalisation, et, si je ne me trompe, les nouvelles lois françaises s'en sont expliquées ainsi : première raison dont je n'ai pas besoin dans le cas où je me trouve.

Si un étranger accepte un nouveau régime, il faut que son adhésion soit constatée par quelque acte de civisme, par un serment, etc... ; or je n'ai certainement rien fait, ni pu faire de semblable. Seconde raison dont je puis aussi me passer.

Mais la raison évidente, la voici : j'étais reconnu par le Gouvernement français comme ambassadeur étranger ; c'est comme tel que je suis sorti de France avec les passeports du Gouvernement, de l'Hôtel de Ville, du Comité permanent, sans aucune objection de leur part ; ils savaient que j'allais remplir une ou plusieurs missions dont j'étais chargé par le Souverain que je servais ; ils n'avaient rien à opposer à cette destination : aussi n'ont-ils rien dit.

Depuis peu on me trouve, comme ambassadeur de l'Empereur, comme servant ce Monarque, dans le cas de subir des représailles sur mes effets restés à Paris sous la sauvegarde du Droit des gens, et faisant pendant aux effets de l'ambassadeur de France à Vienne que l'on a laissés sortir sous l'engagement sacré de la réciprocité ; puis, sans me faire ni sommation, ni reproche d'absence (ce qui dans le fait et vu les circonstances précédentes aurait été absurde), on me constitue tout à coup Français et émigré. En

joignant à cela tout ce que contient la lettre que j'ai eu l'honneur
d'écrire à M. Lebrun, certes il est impossible d'accumuler plus
de contradictions dans un traitement le plus injuste ; aussi je
présume trop d'une grande Nation et de l'intégrité de ses
Ministres pour ne pas être intimement convaincu que les violences
que j'éprouve n'ont lieu que par le défaut d'information exacte et
réfléchie sur ce qui me concerne. Je me tiens à cette idée, parce
qu'elle est la seule qui convienne à la loyauté française et à
l'opinion que l'on doit en avoir ; mais si, en faisant abstraction
de toute vertu nationale, je m'attachais simplement à la recherche
de ce qui, dans les grandes circonstances du moment, peut paraître
le plus utile au sistème (*sic*) français, même sans le moindre égard
pour le choix des moyens, je demanderais alors à quoi il peut
être utile de s'en prendre des querelles présentes à un Ministre
étranger, qui pendant vingt-quatre ans a rempli avec honneur
ses fonctions auprès d'une Nation chez laquelle, par penchant
et par confiance, il avait transporté une partie de sa fortune.
Serait-il de la générosité de cette nation de froisser un tel homme,
qui dans les temps les plus difficiles n'a jamais été mêlé dans
aucune intrigue, qui cherchait toujours à concilier, à obliger
autant que sa position le comportait, sans avoir jamais fait ni
mal ni déplaisir à personne ; et pourquoi en faire à cet homme
aux dépens d'une injustice si manifeste, si criante qu'elle ne
pourrait échapper au blâme et au scandale universel ?

Ici, en me renfermant dans la modestie qui me convient, je
sens très bien que, comme particulier, je ne puis fixer ni les
regards ni l'intérêt du public ; mais, rangé depuis quarante ans
dans la classe des hommes d'Etat, j'ai quelque droit à être
apperçu (*sic*) dans le monde : on n'y dira pas : « *un tel a éprouvé
un tel traitement* », mais on y dira : « *un homme public a essuyé
la plus cruelle injustice chez telle nation* » ; il y a été dépouillé
par les actes les plus arbitraires, les plus contraires aux lois, aux

conventions admises et observées entre les peuples policés, et cela s'est fait sommairement, sans entendre, sans écouter les réclamations qui se fondent nommément pour mon mobilier (faisant pendant à celui de M. de Noailles) sur un engagement formel et particulier pris par le Ministère français, de manière même qu'en supposant (ce qui est impossible à supposer avec ombre de raison) que je puisse être regardé comme Français, même comme émigré, encore ces effets ne pourraient être saisis avec justice, puisqu'ils étaient censés sortir de la France en même temps que ceux de M. de Noailles sortaient de Vienne, et que, si les miens sont restés plus longtemps à Paris, ce n'a été que sur le conseil directe (*sic*) d'un Ministre des affaires étrangères, sur son observation que la conduite arbitraire d'alors dans les municipalités pourrait compromettre les ordres et les passeports du Corps législatif, enfin sur la déclaration et promesse formelle que ces effets resteraient sous la sauvegarde, sous la foi de la Nation, et qu'en tout temps je les retirerais quand je le voudrais, au premier moment de calme.

M. Lebrun a la réputation d'un homme d'esprit ; je suis persuadé qu'il y joint la qualité d'un homme juste ; rendez-lui compte de tout ceci. Si vous ne pouvez parvenir jusqu'à lui, tâchez que cette lettre soit mise sous ses yeux ; lisez-la à qui vous voudrez ; si elle est faible en rédaction, elle est très forte en raison, et je n'ai d'amour-propre qu'en ce dernier point. .

J'en étais ici lorsque votre lettre du 7 m'est parvenue. Vous avez très bien observé l'arrêt du Conseil expédié en 1776, et qui constate ma qualité d'étranger ; c'est une preuve entre mille. Faites, s'il est nécessaire, rédiger un mémoire par un homme de loi sur le canevas que je vous donne, et faites usage de ce mémoire partout où vous le jugerez utile ; il serait incroyable que l'on se refusât à la force de pareilles vérités.

Le 27, Kruthoffer transmit cette lettre à Lebrun, ministre des affaires étrangères, avec la note suivante (1) :

> Monsieur,
>
> Je viens de recevoir une lettre de M. le Comte de Mercy-Argenteau, qu'il m'a chargé de vous communiquer. Incertain de parvenir jusqu'à vous, Monsieur, j'ai l'honneur de vous en remettre ci-joint l'extrait en vous priant de vouloir bien accellérer (*sic*) la décision du Conseil exécutif provisoire sur l'affaire qui en est l'objet.
>
> J'ai l'honneur d'être avec respect,
>
> Monsieur,
>
> votre très humble et très obéissant serviteur.
>
> KRUTHOFFER.
>
> Paris, le 28 mars 1793,
> l'an 2ᵉ de la République (2).

Le nouveau ministre et le Conseil exécutif montraient d'ailleurs des dispositions très favorables, et reconnaissaient qu'en l'espèce le Droit avait été violé. Lebrun accorda même à Kruthoffer une audience, dans laquelle il lui promit de prendre des mesures pour que M. de Mercy pût jouir tranquillement de ses biens. Pourtant le Département de Paris et les Bureaux de la guerre agissaient toujours comme si l'hôtel de Mercy était propriété nationale. Et, le 18 avril, Kruthoffer écrivait à Lebrun la lettre suivante (3) :

> Monsieur,
>
> Vous avez eu la bonté, Monsieur, de me promettre de prendre

______

(1) Autriche 364, folio 19.

(2) En marge, on trouve la note suivante : « Cette affaire, déjà traitée par lettres, a été définitivement terminée de vive voix entre le ministre et Kruthoffer ».

(3) Autriche 364, folio 22.

des mesures pour assurer à M. le Comte de Mercy-Argenteau la
libre jouissance de ses propriétés en France. Il est temps que
vous veuilliez bien vous en occuper, si vous voulez empêcher
l'invasion totale de la maison de M. de Mercy et l'expulsion
des personnes qu'il a chargées de la garde de ses effets. Le Département de Paris est dans la persuasion de pouvoir disposer de
cette maison comme d'une propriété nationale. Plus de vingt
pièces sont déjà occupées par les Bureaux de la guerre, des commis réunis à d'autres prétendent avoir des bureaux séparés, et
l'architecte chargé de leur distribution cherche un nouveau local
à cet effet ; agissant par ordre du Département, il n'a aucun
égard à mes représentations.

Je vous supplie, Monsieur, de vouloir bien faire connaître au
Ministre de la guerre l'illégalité de l'invasion de la maison de
M. de Mercy et obtenir de lui que ses agents ne finissent point
par mettre à la porte les personnes attachées à ce ci-devant ambassadeur, qui, dans tous les cas, ont droit d'y conserver les logements qui leur ont été assignés. Vous avez reconnu la justice de
mes réclamations ; j'espère de vos bontés qu'enfin vous daignerez
mettre un terme au traitement que j'éprouve.

J'ai l'honneur d'être avec respect,

    Monsieur,

        votre très humble et très obéissant serviteur.

                KRUTHOFFER.

    Paris, le 18 avril 1793,
      l'an 2ᵉ de la République.

Le 20 avril, nouvelle lettre adressée à Lebrun, où Kruthoffer se
plaint des procédés du Département (1).

---

(1) Autriche 364, folio 24.

Monsieur,

Un administrateur du Département de Paris est venu intimer l'ordre de vider le local demandé par l'architecte chargé de la distribution des Bureaux de la guerre. Cette démarche prouve, Monsieur, que ledit Département persiste à se croire en droit de disposer des propriétés de M. le Comte de Mercy-Argenteau, et que le nouveau Ministre de la guerre n'est pas encore informé du véritable état des choses, car il ne paraît pas probable que, pour complaire à un commis ennuyé de travailler avec des collègues dans un même bureau, ce Ministre veuille insister sur un changement que le service n'exige point, puisque, de l'avis de M. Çoédès, chef de la division établie dans la maison de M. de Mercy, ce service s'est fait jusqu'à présent sans embarras. La nouvelle vexation que j'éprouve est donc absolument gratuite ; ce ne sera pas la dernière si vous différez de faire exécuter la décision du Conseil exécutif provisoire dont vous avez bien voulu me faire part. Je vous supplie, Monsieur, de bien vouloir vous en occuper, et me mettre à l'abri des procédés arbitraires du Département de Paris qui me refuse même la jouissance d'une partie de mes propriétés comprises sous les scellés. Vous ajouteriez à la reconnaissance de M. de Mercy et à la mienne en engageant le Ministre de la guerre à ne plus insister sur un changement de bureau qui n'a d'autre objet que les convenances personnelles d'un de ses commis.

J'ai l'honneur d'être avec respect,

Monsieur,

votre très humble et très obéissant serviteur.

KRUTHOFFER.

Paris, le 20 avril 1793,
l'an 2ᵉ de la République.

Cependant, ce même jour (1), et sur la demande du ministre de la
guerre, le Département de Paris, revenant à une conception plus
juridique de la réalité, prenait un arrêté ainsi conçu (2) :

Département de Paris.
Extrait des Registres des Délibérations du Directoire.
Du samedi 20 avril 1793, l'an 2ᵉ de la République Française,
une et indivisible. Séance publique.

Le Directoire, après avoir entendu le citoyen Dumoulin, administrateur du Département, chargé de faire un rapport sur la
demande du Ministre de la Guerre, tendante (*sic*) à ce que les
personnes qui demeurent dans la maison occupée par Mercy d'Argenteau (*sic*), ambassadeur de Vienne, et qui avait été mise à la
disposition du Ministre de la Guerre par un arrêté du Directoire
du 28 février dernier, soient tenues d'en sortir, pour que le Ministre puisse y établir en sûreté et en entier les Bureaux des fonds ;
 .Considérant que la maison dont il s'agit appartient à Mercy
d'Argenteau ;

Considérant que Mercy d'Argenteau est étranger ; qu'il ne résidait en France qu'en qualité de Ministre de Vienne ; qu'il en est
sorti revêtu de ce caractère public, que par conséquent les principes de la plus rigoureuse justice et le Droit sacré des gens s'opposent à ce qu'il soit porté aucune atteinte aux propriétés de cet
étranger ;

Le Procureur général Syndic entendu, a rapporté son précédent
arrêté par lequel la maison de Mercy d'Argenteau avait été mise
à la disposition du Ministre de la Guerre ; a mis les propriétés
de Mercy-Argenteau sous la sauvegarde de la loi ; a arrêté que

____

(1) Aussi la lettre que nous venons de reproduire fut-elle classée avec la mention :
« affaire finie ».
(2) Autriche 364, folio 23.

les personnes auxquelles il a accordé des logements dans sa maison y seront maintenues ; que le présent arrêté sera envoyé au Ministre de la Guerre, en l'invitant d'indiquer au Directoire une autre maison qui puisse être mise à sa disposition ; et en outre qu'il sera envoyé au Ministre de l'Intérieur.

Le 25, le ministre de l'intérieur transmettait l'arrêté à Lebrun, et lui demandait son avis par la lettre ci-dessous (1) :

Paris, le 25 avril 1793,
l'an 2ᵉ de la République.

Le Ministre de l'intérieur
au citoyen Ministre des affaires étrangères.

Le Directoire du Département de Paris vient, mon cher collègue, de m'adresser un arrêté par lequel il a prononcé le 20 de ce mois la réintégration du sieur de Mercy-Argenteau, ci-devant Ministre de la Cour de Vienne en France, dans la jouissance de sa maison occupée par les Bureaux des fonds de la guerre.

Comme j'ai été informé que les scellés apposés précédemment chez cet ambassadeur, et même le séquestre mis, je crois, sur ses biens par le Département de Paris, l'avaient été par votre inspiration et pour des causes dont la connaissance était entièrement relative aux détails diplomatiques, je crois devoir vous faire passer l'expédition que le Directoire m'a transmise de l'arrêté dont il est question en vous priant de vouloir accompagner le renvoi que vous m'en ferez de vos observations et de votre avis ; car il est indispensable que je sache si, par de nouvelles estimations, vous avez cru convenable de détruire l'effet des premières.

GARAT.

(1) Autriche 364, folio 25.

Le droit de M. de Mercy étant reconnu, Kruthoffer se montra assez large quant à l'exécution de l'arrêté ; et, le 26 avril, il offrait de laisser dans l'hôtel les Bureaux de la guerre par la lettre suivante (1) :

> Monsieur,
>
> J'ai reçu la lettre que vous m'avez fait l'honneur de m'écrire en date d'hier avec l'arrêté du Département de Paris, par lequel son Directoire rapporte ceux qu'il avait pris antérieurement au sujet de la maison et des effets de M. le Comte de Mercy-Argenteau. C'est à vous, Monsieur, que je suis redevable de cet acte de justice, qui fait cesser l'état pénible où je me suis trouvé depuis trois mois, et je m'empresse de vous en offrir mes très humbles remerciements.
>
> Maintenant que, par vos soins, M. de Mercy se trouve réintégré dans la libre jouissance de ses propriétés, je suis bien éloigné de demander le déplacement des Bureaux de la guerre établis dans sa maison, quoique leur installation ait été irrégulière. Le service de la chose publique pouvant se concilier avec les convenances actuelles de M. de Mercy, ce procédé de ma part obtiendra son approbation. Je vais lui rendre compte de l'état des choses, et il ne tardera pas à me faire connaitre ses intentions, si toutefois les communications sur la frontière du Pays de Liège sont encore libres. Je m'en suis expliqué ainsi avec M. de La Perrière, chef du Bureau des fonds, chargé par le Ministre de la guerre de conférer avec moi à ce sujet (2) ....
>
> J'ai l'honneur d'être avec respect,
>
> > Monsieur,
> >
> > > votre très humble et très obéissant serviteur.
> > >
> > > > KRUTHOFFER.
>
> Paris, le 26 avril 1793,
> l'an 2ᵉ de la République.

(1) Autriche 364, folio 26.

(2) Le reste de la lettre, que nous ne reproduisons pas, est relatif à diverses caisses appartenant à Mercy sur le navire hollandais *La Bonne Espérance*, qui se trouvait en embargo au Hâvre de Grâce.

Il semblait donc que désormais les propriétés de Mercy fussent en
sûreté. Des difficultés s'étaient élevées, mais elles avaient été réso-
lues, et des deux côtés une bonne volonté réciproque régnait. Rien
ne devait troubler ce calme, et Kruthoffer allait enfin pouvoir gérer
les biens de M. de Mercy sans rencontrer d'obstacles.

CHAPITRE II

M. DE MERCY SUR LA LISTE DES ÉMIGRÉS.
SÉQUESTRE ET CONFISCATION DE SES BIENS.

Il ne semble pas pourtant que l'arrêté du 20 avril ait fixé définitivement la situation. Kruthoffer avait bien obtenu une décision favorable, mais il fallait qu'elle fût exécutée. Or cela n'alla pas sans difficultés, puisque, le 16 juillet, Kruthoffer écrivait à Deforgues, nouveau ministre des affaires étrangères, la lettre suivante (1) :

Au citoyen Deforgues, Ministre des affaires étrangères.

Citoyen Ministre !

Au commencement du mois de février dernier, le Directoire du Département de Paris, en appliquant à M. le Comte de Mercy-Argenteau, ci-devant ambassadeur de la Cour de Vienne en France, la loi décrétée contre les émigrés, avait fait apposer les scellés sur ses effets ; et, le 28 du même mois, il mit la maison dont M. de Mercy a la jouissance sa vie durant à la disposition du Ministre de la guerre pour l'établissement des bureaux de la première Division de ce département. Sous les mêmes scellés se trouvent la garde-robe et d'autres effets de M. de Blumendorf, chargé d'affaires de ladite Cour et ceux du commis de l'ambassade Impériale.

(1) Autriche 364, folio 40.

Les réclamations du soussigné, chargé de la gestion des affaires particulières de M. de Mercy, près du Ministère des affaires étrangères et du Conseil exécutif provisoire effectuèrent le rapport des premiers arrêtés dudit Directoire qui, par celui du 20 avril dernier, en « considérant que M. de Mercy est étranger ; « qu'il a résidé en France en qualité d'ambassadeur de la Cour « de Vienne ; qu'il en est sorti revêtu de ce caractère public, et « que, par conséquent, ce serait blesser les règles de la plus « rigoureuse justice, et les principes du Droit sacré des gens, que « de porter la moindre atteinte à ses propriétés, les a mises sous « la sauvegarde de la loi, en maintenant ledit M. de Mercy dans «. leur libre jouissance. »

Après cette décision, l'occupation de la maison de M. de Mercy n'avait plus aucun titre légal ; cependant, pour ne pas contrarier. le service de la chose publique dans les circonstances impérieuses du moment, le soussigné ne demanda point le déplacement des bureaux établis dans ladite maison, vu qu'un arrangement quelconque peut se concilier avec les convenances actuelles de l'usufruitier.

Sans faire valoir ce procédé, le soussigné se borna à demander la levée des scellés qui devait être une suite nécessaire du dernier arrêté dudit Directoire ; mais, depuis près de trois mois, ses sollicitations presque journalières n'ont pu l'effectuer.

Les principes immuables qui ont motivé ledit arrêté ne pouvant être susceptibles d'aucune modification quelconque, le soussigné, après avoir épuisé sans succès tous les moyens qui étaient en son pouvoir, se trouve forcé de recourrir (*sic*) à la justice du Ministre, et il a l'honneur de le supplier de vouloir bien prendre telles mesures qu'il jugera convenables pour que M. de Mercy soit remis dans la libre et entière jouissance de ses propriétés, afin qu'un mobilier considérable ne soit pas plus longtemps exposé à une perte inévitable par l'impossibilité de lui donner les soins que sa conservation exige.

KRUTHOFFER.

Paris, le 16 juillet 1793,
l'an 2e de la République une et indivisible.

Cette lettre n'obtint pas le succès escompté. D'ailleurs la méfiance contre les étrangers devenait de plus en plus à l'ordre du jour ; et le décret du 1er août, ordonnant l'arrestation de tous les sujets ennemis et l'apposition des scellés sur leurs biens, inquiéta Kruthoffer qui, dès le lendemain, demandait au ministre d'être excepté de ces dispositions, vu sa situation spéciale. Voici la lettre qu'il écrivait (1) :

Citoyen Ministre !

Je viens de lire dans une feuille publique le décret rendu hier par la Convention nationale dont un article concerne les étrangers qui se trouvent en France. Resté en cette capitale sous la protection de la loyauté française pour expédier les effets de l'ambassade Impériale, je n'ai pu jusqu'à présent remplir cette commission parce que le Département de Paris, en appliquant à M. de Mercy-Argenteau la loi décrétée contre les émigrés, avait fait apposer les scellés sur lesdits effets, et que, malgré le rapport des premiers arrêtés dudit Département, la levée des scellés sollicitée depuis trois mois n'a pas encore eu lieu. En date du 16 juillet dernier, j'ai eu l'honneur de vous faire part de l'insuffisance de mes démarches et de réclamer votre intervention pour que M. de Mercy puisse enfin rentrer dans la jouissance de ses propriétés ; que la protection du Droit des gens soit maintenue à son égard, et pour qu'il éprouve la parfaite réciprocité du traitement dont

____

(1) Autriche 364, folio 41.

on a usé à Vienne envers l'ambassadeur de France, qui a exporté librement, sans aucun obstacle quelconque, et avec des passeports en franchise, tous ses effets.

Le motif de mon séjour forcé en cette capitale vous étant connu, j'ose espérer que les dispositions du décret rendu hier ne seront pas étendues jusqu'à moi, ni sur deux autres personnes attachées à M. de Mercy, logées ainsi que moi dans la maison dont la jouissance lui appartient, et où j'ai conservé les bureaux de la première Division de la guerre, quoique leur installation ait été irrégulière.

Dans la position où je me trouve, je ne puis que recourir (*sic*) à votre justice et à votre protection, en vous suppliant de vouloir bien m'en faire ressentir les effets.

Je suis avec respect,

Citoyen Ministre,

votre très humble et très obéissant serviteur.

KRUTHOFFER.

Boulevard Montmartre, n° 24.

Paris, le 2 août 1793,
l'an 2ᵉ de la République une et indivisible.

Mais le ministre, ayant « décidé de laisser dormir cette affaire », ne répondit pas. A la suite des lois de septembre qui ordonnaient le séquestre des biens des sujets ennemis, lois qui furent suivies de l'apposition des scellés sur les meubles et effets de la mission Impériale, Kruthoffer tenta à nouveau d'obtenir justice, en envoyant un long mémoire au ministre des affaires étrangères. Il y retraçait la genèse de l'affaire, dans les termes ci-dessous (1) :

(1) Autriche 364, folios 45 et 46.

Au citoyen Deforgues, Ministre des affaires étrangères.

Citoyen Ministre,

Au mois d'octobre 1790, le Comte de Mercy-Argenteau, alors ambassadeur de la Cour de Vienne près celle de France, chargé de plusieurs commissions particulières, quitta cette capitale et laissa M. de Blumendorf en qualité de chargé d'affaires pour remplir pendant son absence les fonctions de l'ambassade Impériale.

M. de Mercy s'apprêtait à retourner à son poste, lorsque la France déclara la guerre à la Maison d'Autriche. Les hostilités suivirent de près la déclaration de guerre, et les mouvements des armées françaises interceptèrent toute communication sur les frontières de l'Allemagne et des Pays-Bas autrichiens.

L'impossibilité de déplacer dans un court espace de temps un établissement formé pendant vingt années à la ville et à la campagne, et de prendre des arrangements pour la régie des propriétés foncières que M. de Mercy possède en France, détermina M. de Blumendorf à faire une démarche officielle près du Ministère des affaires étrangères pour obtenir, par son entremise, de l'Assemblée Législative, une assurance formelle que les effets de la mission Impériale et les personnes y attachées resteraient sous la protection du Droit des gens jusqu'au moment où le rétablissement des communications permettrait la sortie des unes et l'exportation des autres.

Cette demande du chargé des affaires de la Cour de Vienne ayant été présentée à l'Assemblée Législative, celle-ci passa à l'ordre du jour, motivé par la raison que ce serait manifester un doute injurieux à l'honneur national en n'étant point persuadé que, même en cas de guerre, les effets et personnes attachés aux missions étrangères restent toujours sous la sauvegarde de la loyauté française et de la protection du Droit des gens.

Cette décision ayant été communiquée officiellement audit chargé d'affaires par le Ministre des affaires étrangères, celui-ci promit de faire observer à l'égard de M. de Mercy la parfaite réciprocité du traitement qu'éprouverait l'ambassadeur de France à Vienne, et d'accorder tout le temps et les passeports nécessaires à l'exportation des effets de la mission Impériale, aussitôt que les routes seraient libres.

Plein de confiance dans cette promesse ministérielle, et parfaitement tranquillisé par la déclaration du Corps législatif, M. de Mercy attendit cette époque ; mais, dans l'intervalle, les caves de sa maison de campagne furent pillées ; on enleva les fusils de chasse sans que la force publique pût garantir sa propriété. Ce pillage lui causa une perte de plus de cinquante mille francs, valeur réelle en espèces d'un assortiment de vins précieux formé pendant plus de vingt années.

Cet événement détermina M. de Mercy à retirer de France le restant de ses effets et les personnes qu'il y avait laissées pour en prendre soin. Au mois d'octobre 1792, le soussigné, son secrétaire particulier, sollicita à cet effet les passeports en franchise ; après trois mois d'attente, il obtint la permission d'expédier, mais à charge d'acquitter les droits de sortie des vins, et sans pouvoir comprendre dans ses envois des fusils de chasse, des laines de matelas et quelques pièces de vaisselle.

Cette permission, dont la durée ne se prolongea pas au delà de quinze jours, servit seulement à deux envois de vins dont les droits de sortie ont été acquittés ; elle fut révoquée aussitôt par le Ministre des affaires étrangères, qui s'y est cru autorisé par le traitement exercé envers quelques particuliers français à Vienne.

Cette mesure de rigueur employée contre M. de Mercy annonçait bien clairement qu'on le regardait comme le ministre d'une Puissance étrangère ; mais le Directoire du Département de Paris, en le considérant sous le rapport des propriétés foncières qu'il possède en France, voulut lui appliquer la loi décrétée contre les émigrés : il fit mettre les scellés sur ses effets et s'empara de la maison dont il est usufruitier pour y placer la première division des Bureaux de la guerre.

Froissé entre deux pouvoirs dirigés par des principes diamétralement opposés entre eux, M. de Mercy se borna à réclamer la protection du Droit des gens, celle de la loyauté française solennellement accordée par le Corps législatif, la promesse formelle du Ministère des affaires étrangères, enfin la réciprocité du traitement accordé à l'ambassadeur de France à Vienne, dont tous les effets expédiés avec des passeports en franchise étaient arrivés en cette capitale quelques jours avant l'apposition des scellés sur les siens.

Ces réclamations, présentées par le soussigné au Conseil exécutif provisoire et sans doute appuyées par le Ministère des affaires étrangères, effectuèrent le rapport de l'arrêté du Directoire du Département de Paris, qui, par celui du 20 avril dernier, dont copie est ci-jointe, en se conformant aux principes immuables du Droit des gens, rétablit M. de Mercy dans la pleine jouissance de ses propriétés, et les mit sous la sauvegarde de la loi. La prompte levée des scellés devait être la suite naturelle de cet arrêté. Libre de disposer de la maison de M. de Mercy, le soussigné saisit avec empressement cette occasion de concourrir (*sic*) au service de la chose publique en proposant au Ministre de la guerre d'y laisser ses bureaux, vu que leur déplacement aurait pour quelque temps interrompu ce service, et il se flattait que par un retour de bons procédés la levée des scellés ne souffrirait aucune difficulté ; mais, depuis la date de l'arrêté du Directoire du Département jusqu'à ce jour, il l'a sollicitée inutilement.

Les choses en étaient là, lorsque, le 6 de ce mois, la Convention nationale rendit le décret relatif aux étrangers. Le Directoire du

Département ne tarda pas à faire exécuter les dispositions rigoureuses de ce décret, et, aux scellés déjà apposés sur les effets de M. de Mercy, le Comité révolutionnaire de la section du Mont-Blanc, par l'ordre dudit Directoire, en fit mettre également sur les papiers et sur une partie des effets du soussigné, de son collègue *le sieur Dunckel* (1), chargé de la comptabilité particulière de M. de Mercy, du nommé *Sébastien Pauer*, sommelier, et de *la veuve Gelineck*, femme de charge.

Tel est l'exposé fidèle du traitement que, depuis la déclaration de guerre, M. de Mercy a éprouvé relativement aux effets et aux personnes que des circonstances impérieuses l'avaient forcé de laisser en France. Il suffit d'en suivre les détails pour être convaincu de la justice de ses réclamations, et il serait superflu de démontrer ici que le décret du 6 de ce mois ne saurait lui être appliqué, parce qu'ayant déployé un caractère public en France il ne peut être rangé dans la classe de simples étrangers auxquels l'hospitalité peut être retirée ou accordée sous telles conditions que des circonstances particulières ou des raisons politiques peuvent commander.

Le soussigné se borne à supplier le Ministre des affaires étrangères de vouloir bien prendre dans sa sagesse telles mesures qu'il croira convenables pour que la protection du Droit des gens et de la loyauté française, solennellement accordée par les représentants de la Nation, ne devienne pas une promesse illusoire, et pour que le Directoire du Département de Paris, et par suite le Comité révolutionnaire de la section du Mont-Blanc ne continuent point les voies de rigueur qu'en vertu du décret relatif aux étrangers ils s'apprêtent à prendre, non seulement à l'égard des effets de

____

(1) Ceci répond à un point d'interrogation, portant au surplus sur un très léger détail, que laissait M. de Pimodan dans son livre sur M. de Mercy. Il écrivait en effet, page 204, note 2 : « Dunckel, dont je perds à peu près la trace vers 1792 » ; celui-ci était donc resté à Paris, pour veiller aux intérêts de l'ex-ambassadeur.

M. de Mercy, mais aussi de ceux des personnes ci-dessus nommées que le ci-devant ambassadeur a chargées de surveiller ses intérêts, et qui, quoiqu'étrangères aux affaires diplomatiques dans leurs fonctions respectives, doivent cependant participer à la protection du Droit des gens dont jouissait la mission Impériale ; qu'en conséquence les scellés apposés sur lesdits mobiliers soient levés, et les propriétaires réintégrés dans la libre jouissance des effets qui leur appartiennent.

KRUTHOFFER.

Paris, le 16 septembre 1793,
l'an 2ᵉ de la République une et indivisible.

En marge de ce mémoire, le ministère inscrivit « point de réponse ». De fait la Terreur était à l'ordre du jour, surtout à dater de la fameuse loi des suspects. Le 17 octobre, Kruthoffer était arrêté, d'après la loi visant les sujets ennemis ; et, à la suite de nouvelles mesures du Département qui laissaient prévoir une vente des biens confisqués, il adressait une lettre pressante au ministre Deforgues, le 16 brumaire. Celle-ci était ainsi conçue (1) :

Au citoyen Deforgues, Ministre des affaires étrangères.

Citoyen Ministre !

Le soussigné se trouve à regret forcé d'importuner de nouveau le citoyen Ministre des affaires étrangères pour porter à sa connaissance que le Département de Paris veut disposer des effets de la ci-devant mission Impériale en France comme d'une propriété nationale, contre la teneur de son arrêté du 20 avril dernier par lequel ledit Département a mis lesdits effets et toutes les propriétés de M. de Mercy-Argenteau sous la sauvegarde de la loi, en déclarant *qu'en y portant la moindre atteinte, ce serait blesser*

(1) **Autriche** 364, folio 59.

les règles de la plus exacte justice et les principes du Droit sacré des gens. Au nombre desdits effets se trouvent ceux de M. de Blumendorf, chargé d'affaires et de M. Hoppé, commis d'ambassade.

Sans les entraves multipliées qui, depuis l'espace d'un an, ont empêché jusqu'à ce jour l'expédition desdits effets, il y a long-temps qu'ils auraient été rendus à leur destination. Le soussigné, après avoir rempli la commission qui l'a retenu en cette capitale, serait retourné dans sa patrie, et il ne se verrait pas maintenant privé de sa liberté par une mesure de sûreté générale. Le soussigné ne peut se persuader que la déclaration de l'Assemblée Législative et les promesses réitérées du pouvoir exécutif du Gouvernement français puissent être rendues illusoires, et que la loyauté française veuille se permettre d'interpréter et d'appliquer, suivant la mobilité des événements, les principes immuables du Droit des gens qui ont motivé lesdites demandes et promesses. S'il en était autrement, M. de Mercy aurait à regretter la confiance qu'il devait avoir dans tout ce qui émanait de l'Assemblée des Représentants d'une Nation généreuse, et que, surtout à la glorieuse époque de sa régénération, il ne pouvait refuser aux déclarations officielles du Gouvernement français, sans manifester un doute injurieux à l'honneur national. En ce cas, M. de Mercy deviendrait la victime de cette confiance, de sa bonne foi, et de sa prédilection pour un pays où, pendant vingt-quatre ans, il a rempli sa mission avec honneur et loyauté.

Le soussigné, sans secours et sans aucun appui, n'a d'autre ressource que de recourir (*sic*) à la justice du Citoyen Ministre en le suppliant de vouloir bien peser dans sa sagesse ce qu'il a l'honneur de lui exposer, et de prendre les mesures convenables pour que MM. de Mercy, de Blumendorf et Hoppé ressentent enfin les effets de la protection que l'Assemblée Législative et le Gouvernement français leur ont formellement assurée. A cette prière, le soussigné n'ose ajouter celle que le Ministre veuille bien s'intéresser à son sort personnel, et ordonner que communication de ce qu'il aura décidé sur l'objet de ce mémoire soit donnée au soussigné qui, vu sa détention à la maison de Droncux, rue de Provence, section du Mont-Blanc, ne peut se rendre aux bureaux du Ministre pour en prendre connaissance.

KRUTHOFFER.

Paris, sextidi 16 brumaire,
　　l'an 2ᵉ de la République une et indivisible.

Bientôt, la menace se précisait et le Département ordonnait l'inventaire des effets de la mission Impériale. D'où nouvelles protestations de Kruthoffer, qui envoyait au Ministre le mémoire suivant, daté du 29 nivôse (1) :

Au citoyen Deforgues, Ministre des affaires étrangères de la République Française.

Le 16 brumaire dernier, le soussigné a pris la liberté d'informer le Citoyen Ministre des affaires étrangères que, contre la teneur de son arrêté du 20 avril dernier (vieux style), le Département de Paris s'apprêtait à disposer des effets de la mission Impériale. Quoique le mémoire du soussigné soit resté sans réponse, il n'en continuera pas moins à faire parvenir à la connaissance du Ministre tous les procédés dudit Département contraires à son propre arrêté, à la déclaration de l'Assemblée Législative, et à l'arrangement ministériel qui eut lieu lors de la déclaration de guerre de la France contre l'Autriche concernant la plus parfaite réciprocité de traitement à observer à l'égard des ambassadeurs respectifs. Un nouveau procédé de ce genre est l'ordre que ledit Département vient de donner de dresser l'inventaire des effets de la mission Impériale, mesure qui s'exécute en ce moment, et qui

____

(1) Autriche 364, folio 62.

probablement sera suivie de leur vente, si le Gouvernement français ne maintient pas en faveur de M. de Mercy-Argenteau la protection du Droit des gens solennellement assurée par les Représentants de la Nation.

Le soussigné n'importunera pas le Ministre par la répétition des principes et des faits qui motivent ses réclamations. Il est notoire que les effets de la mission française à Vienne en ont été exportés sans aucun obstacle, et qu'ils sont arrivés en cette capitale peu de jours avant l'envahissement des propriétés de M. de Mercy. Cette réciprocité de traitement officiellement promise est donc encore à exercer à son égard. Le soussigné ne cessera pas de réclamer cette réciprocité, parce qu'il ne peut se persuader que le Gouvernement français puisse permettre à des autorités constituées d'appliquer à un Ministre reconnu étranger, et revêtu à son départ de ce caractère public, la loi décrétée contre les émigrés, et de fonder sur une application aussi contradictoire la spoliation de ses propriétés.

Le séjour du soussigné en France n'a d'autre objet que la garde et l'expédition des effets de la mission Impériale. Tant que des obstacles étrangers à sa conduite personnelle en ont empêché l'exécution, il aurait, suivant les principes, dû rester sous la protection du Droit des gens, et cependant il languit depuis trois mois en état d'arrestation avec deux autres personnes chargées de le seconder dans ses opérations. Dans la position forcée où il se trouve, le recours à la justice du Ministre ne lui est pas encore interdit ; il prendra la liberté d'en user jusqu'à ce que le Gouvernement veuille bien lui faire connaître quel sera son sort, et quel sera celui des propriétés que M. de Mercy et les personnes attachés à la mission Impériale ont été forcés de laisser sous la sauvegarde de la loyauté française.

KRUTHOFFER.

Paris, le 29 nivôse,
    l'an 2ᵉ de la République Française.

Le mémoire fut remis par Deforgues au Comité de Salut public,
mais aucune décision ne fut prise, le Gouvernement étant surchargé
d'affaires. Néanmoins Kruthoffer se reprit à espérer, le ministre
ayant déclaré qu'il se ferait rendre compte de la question ; et, le
12 pluviôse, Kruthoffer écrivait à Boisjolin, premier commis au
Département des affaires étrangères, la lettre suivante (1) :

Citoyen,

La personne qui s'est présentée chez vous de ma part pour
apprendre la décision du citoyen Ministre des affaires étrangères
sur le mémoire que j'ai eu l'honneur de lui adresser le 29 nivôse
dernier, cette personne, dis-je, a revu ce Ministre pour le même
objet ; il lui a dit que la multiplicité des affaires l'avait empêché
de s'occuper de la mienne, mais qu'il ne tarderait pas à s'en
faire rendre compte. Oserais-je vous prier, citoyen, de vouloir
bien saisir le premier moment favorable pour mettre mon mémoire sous les yeux du Ministre, et m'accorder vos bons offices
pour qu'il fasse droit à mes réclamations ? Vous en connaissez
la justice mieux que personne. Retenu en France par un enchaî-
nement de circonstances et d'obstacles qu'il n'a dépendu de moi
ni de prévenir ni de surmonter, et qui jusqu'à ce jour m'ont
empêché de remplir ma commission, je me vois confondu avec
les étrangers dont la conduite a pu fixer l'attention du Gouvernement. Cette commission était une suite nécessaire de la cessation
de l'ambassade Impériale, et sous ce rapport je devrais jouir de
la protection du Droit des gens tant que par des obstacles étrangers à ma conduite personnelle je me trouve dans l'impossibilité
de m'en acquitter. Le citoyen Maison, chargé d'une commission
pareille lors du départ de l'ambassadeur de France de Vienne,
a constamment joui de cette protection ; c'est un nouveau titre

(1) Autriche 364, folio 69.

que j'ai de réclamer cette réciprocité de traitement qui, suivant
une convention ministérielle, devait s'observer à l'égard des ambassadeurs respectifs. Les faits que, depuis plus d'un an, j'ai fait
parvenir à la connaissance du Ministre, et dont les résultats subsistent encore aujourd'hui, ma position personnelle, enfin toutes
les mesures prises par les autorités constituées au sujet des effets
de la mission Impériale et des personnes chargées de leur garde
et de leur expédition, tout cela prouve combien cette réciprocité
de traitement a été méconnue à l'égard de M. de Mercy. L'emploi
de cette mesure, si simple dans son application, ne devrait éprouver aucune difficulté d'abord que les effets de la mission française
à Vienne et les personnes chargées de leur garde ont été rendus
en France. Ma demande ne peut être dépouillée, sans injustice,
des avantages d'un arrangement réciproque dont l'ambassade
française à Vienne a depuis longtemps recueilli les fruits.

Vous m'avez témoigné de l'intérêt ; puis-je me flatter que ma
position actuelle et les nombreux désagréments qui l'accom-
pagnent vous engageront à m'être favorable ? Ma reconnaissance
égalera le prix du service que je réclame de vos bontés.

En cas que le Ministre m'honore d'une réponse, veuillez bien
la faire remettre à mon ancien domicile, boulevard Richelieu,
n° 24. Sous cette adresse, je la recevrai plus exactement et avec
moins de retard.

Salut et fraternité.

KRUTHOFFER.

Paris, le 12 pluviôse,
l'an 2ᵉ de la République Française.

Le ministre avait donc fait espérer une réponse favorable ; et, le
5 ventôse, Kruthoffer la lui rappelait par une lettre que voici (1) :

(1) Autriche 364, folio 72.

Au citoyen Deforgues, Ministre des affaires étrangères de la
République Française.

Le 29 nivôse dernier, le soussigné a eu l'honneur d'adresser
un mémoire au Citoyen Ministre des affaires étrangères, qui a bien
voulu lui faire espérer une réponse. Il prend la liberté de réclamer de sa justice une décision qui mette fin à la fâcheuse position
où il se trouve, et dont les embarras s'accroissent journellement
par les dépenses extraordinaires qu'on met à sa charge. Ses facultés seront bientôt épuisées ; la suspension du paiement des rentes
dues aux étrangers, et la cessation absolue du change ne lui
laissent aucun moyen de trouver des ressources.

Le soussigné supplie le Ministre de vouloir bien prendre les
mesures que lui dictera sa sagesse pour qu'il éprouve bientôt les
effets de cette réciprocité de traitement, dont la mission française
à Vienne a depuis longtemps recueilli les fruits.

KRUTHOFFER.

Paris, le 5 ventôse,
    l'an 2ᵉ de la République Française.

Mais Deforgues demandait un mémoire pour baser sa décision ;
aussi, le 12, Kruthoffer lui envoyait-il une note retraçant les faits, et
accompagnée de la lettre suivante (1) :

Citoyen Ministre !

La personne qui s'est présentée à votre audience de ma part
m'a rendu compte de la réponse que vous avez eu la bonté de
lui faire à mon égard. Conformément à vos désirs, j'ai l'honneur
de vous remettre un nouveau mémoire dans lequel mon affaire
est présentée sous son véritable point de vue qui en facilitera

____

(1) Autriche 364, folio 73.

l'examen et la décision. En la portant à la connaissance du Comité de Sûreté générale, n'aurais-je pas à craindre d'être confondu avec ces étrangers dont le séjour volontaire en France ou la conduite équivoque a dû réveiller l'attention du Gouvernement ? Ayant été attaché à la ci-devant mission Impériale, retenu en cette capitale par des obstacles que jusqu'à ce jour il n'a pas dépendu de moi de surmonter, et chargé d'une commission pareille à celle qui valut au citoyen Maison, de la part du Gouvernement autrichien, la protection du Droit des gens et tous les avantages qui en dérivent, ces considérations réunies me portent à croire que le Comité de Salut public ferait plutôt droit à ma réclamation, vu que lui seul est chargé de tout ce qui concerne les relations de la République Française avec les puissances étrangères. Je suis bien éloigné, Citoyen Ministre, d'anticiper sur les mesures que votre sagesse vous dictera ; mais la multiplicité des affaires dont la connaissance vient d'être attribuée au Comité de Sûreté générale me fait appréhender la prolongation de la situation fâcheuse où je me trouve avec mes collègues, et dont les embarras s'accumulent par les dépenses extraordinaires qu'on met à notre charge : nos facultés s'épuisent, et la suspension du paiement des rentes dûes aux étrangers ainsi que la cessation du change nous laisseront bientôt sans ressources. Ce motif est fait pour intéresser votre justice et votre générosité en notre faveur ; je vous supplie avec instances de vouloir bien nous en faire ressentir les effets ; notre reconnaissance sera sans bornes.

Salut et fraternité.

KRUTHOFFER.

Paris, le 12 ventôse,
l'an 2ᵉ de la République Française.

La note était ainsi conçue (1) :

(1) Autriche 364, folio 74.

Le chargé d'affaires de la Cour de Vienne demanda, lors de la déclaration de guerre de la France contre l'Autriche, que par un décret les personnes et les effets de la mission Impériale fussent mis sous la protection du Droit des gens. L'Assemblée Législative passa à l'ordre du jour, motivé sur ce que cette demande manifestait un doute injurieux à l'honneur national, vu que, même en temps de guerre, les missions des Puissances ennemies restaient sous la sauvegarde du Droit des gens et de la loyauté française.

En conséquence, on établit *la plus exacte réciprocité pour base des traitements à accorder aux ambassadeurs respectifs*. Voici quelles ont été les suites de cet arrangement ministériel.

L'ambassadeur de France exporta de Vienne tous ses effets avec des passeports en franchise, accordés à sa première demande, et sans payer aucun droit de sortie. *Le citoyen Maison* chargé de leur expédition jouit de la protection du Droit des gens, même après le départ de cet ambassadeur, et tant que ses affaires l'ont retenu dans les Etats d'Autriche. Les effets de la mission française arrivèrent en cette capitale au commencement de février 1793 (v. s.).

La maison de campagne du Comte de Mercy-Argenteau a été pillée. Cette perte, évaluée à plus de cinquante mille francs, détermina cet ambassadeur à retirer de France le restant de ses effets ; il fit demander des passeports et n'obtint que la simple permission d'expédier à la charge *de payer les droits de sortie de ses vins, et de ne pouvoir exporter ni ses fusils de chasse, ni sa vaisselle, ni des laines de matelas*, permission qui a été révoquée presque aussitôt.

Le Département de Paris, en appliquant à M. de Mercy la loi décrétée contre les émigrés, s'empara de sa maison et fit mettre les scellés sur ses effets. Ledit Département, en considérant « *que M. de Mercy est étranger ; qu'il ne résidait en France qu'en qua-*

*lité de Ministre de Vienne ; qu'il en est ressorti revêtu de ce carac-
tère public, que par conséquent les principes de la plus rigoureuse justice et le Droit sacré des gens s'opposent à ce qu'il soit
porté aucune atteinte aux propriétés de cet étranger »,* rapporta
ses premiers arrêtés par celui du 20 avril 1793 (v. s.). Malgré cet
acte de justice, les scellés n'ont pas été levés, et M. de Mercy a
été porté sur la liste des émigrés.

Le soussigné et les sieurs Dunckel et Pauer, chargés de la garde
et de l'expédition des effets de la mission Impériale, sont en état
d'arrestation depuis quatre mois et demi, en vertu du décret
concernant les étrangers. Ils auraient dû rester sous la protection
du Droit des gens, ainsi que le citoyen Maison en avait joui pendant son séjour à Vienne.

Ce parallèle prouve *que M. de Mercy n'a pas ressenti les effets
de la réciprocité de traitement dont la mission française à Vienne
a depuis longtemps recueilli les fruits.*

Il ne reste au soussigné que le recours à la justice des Représentants de la Nation : il en réclame sa liberté, celle de ses collègues, l'expédition des passeports nécessaires à l'entière exécution de la commission qui les retient en France ; enfin, à cet
égard, l'exacte réciprocité de traitement promise par le Gouvernement Français.

KRUTHOFFER

Secrétaire particulier de M. de Mercy.

Paris, le 12 ventôse,
    l'an 2ᵉ de la République Française.

Il semblait donc que Kruthoffer fût près d'obtenir justice. Pourtant l'on considérait toujours Mercy comme émigré, puisque le commissaire aux accaparements se présenta à son hôtel pour y remplir
sa mission, qui était de rechercher tout le cuivre qui pouvait être

utile dans les maisons confisquées sur les émigrés. Kruthoffer s'en plaignit le 15 ventôse, par la lettre suivante (1) :

Au citoyen Deforgues, Ministre des affaires étrangères de la République Française.

Citoyen Ministre !

Le citoyen Monier, commissaire aux accaparements, chargé par le Comité de Salut public et la commission centrale des armes de recueillir les cuivres qui se trouvent dans les maisons des émigrés, s'est présenté à celle de M. de Mercy-Argenteau pour y remplir sa mission. Sur les observations que le soussigné lui a faites, il a consenti à suspendre ses opérations pendant quelques jours, pour lui laisser le temps d'adresser à ce sujet des réclamations au citoyen Ministre des affaires étrangères ; mais il demande *qu'il soit justifié par un arrêté du Comité de Salut public que le mobilier des Ministres étrangers est excepté des dispositions de la loi, et que M. de Mercy ne peut être regardé comme émigré.*

Le soussigné supplie le citoyen Ministre de vouloir bien lui obtenir l'arrêté qui lui est nécessaire pour la conservation de la partie du mobilier de M. de Mercy dont il s'agit. Il profite de cette occasion pour lui rappeler le dernier mémoire qu'il a eu l'honneur de lui adresser le 12 de ce mois, et dont le décret rendu le même jour, portant attribution au Comité de Salut public de tout ce qui a trait aux missions étrangères, lui fait espérer une décision favorable, si le citoyen Ministre a la bonté de prendre quelque intérêt au succès du contenu dudit mémoire.

KRUTHOFFER.

Paris, le 15 ventôse,
l'an 2ᵉ de la République Française.

(1) Autriche 364, folio 75.

Bien plus, le 1er germinal, Bouchotte, ministre de la guerre, intimait aux membres de l'ancienne mission l'ordre de quitter l'hôtel (1) :
C'est à vous d'en sortir, vous qui parlez en maître.
Kruthoffer protesta auprès de Deforgues, par la lettre suivante (2) :

Au citoyen Deforgues, Ministre des affaires étrangères.

Le Ministre de la guerre vient de faire intimer aux personnes attachées à M. de Mercy-Argenteau et logées dans sa maison d'en sortir dans les vingt-quatre heures. Le soussigné se voit à regret forcé d'importuner de nouveau le citoyen Ministre pour le prier de vouloir bien venir à son secours. Le Département de Paris a mis sous la protection de la loi les propriétés de M. de Mercy ; la première division des Bureaux de la guerre n'est restée dans sa maison qu'en suite de l'offre volontaire du soussigné ; et, après ce procédé de sa part, il ne devait pas s'attendre à en être expulsé lui-même. Sans doute la religion du Ministre de la guerre a été surprise ; le soussigné a l'honneur de supplier le citoyen Ministre de vouloir bien obtenir de lui la révocation de l'ordre donné en son nom, dont l'exécution serait même impossible vu la détention du soussigné et de ses collègues.

KRUTHOFFER.

Paris, le 1er germinal,
l'an 2e de la République Française.

Pourtant les ordres donnés furent maintenus, et Bouchotte écrivait ses raisons à Kruthoffer dans la lettre suivante (3) :

(1) Cet ordre était d'autant plus curieux que les anciens membres de la mission étaient, nous l'avons vu, en prison.
(2) Autriche 364, folio 76.
(3) Autriche 364, folio 77.

Paris, le 3 germinal,
l'an 2ᵉ de la République Française une et indivisible.

Le Ministre de la guerre à Kruthoffer,
se disant secrétaire de Merci (*sic*).

Le citoyen Louvet, en écartant les gens de Merci de la première
division, a fait intimer un ordre nécessaire. Tous les étrangers
dont les gouvernements sont en guerre avec la Nation sont décla-
rés suspects par la loi. *Le Droit des gens ou la réciprocité des
égards n'existe pas pour les agents d'un gouvernement avec qui
on est en guerre.* S'il y avait une exception, elle ne serait ni pour
Merci ni pour celui qui se dit son secrétaire. Les ordres donnés
seront maintenus.

J. BOUCHOTTE.

Mais le décret du 12 ventôse attribuait au Comité de Salut public
la connaissance de tout ce qui regardait les missions étrangères.
Aussi c'est à lui que, le 7 germinal, Kruthoffer adressait le mémoire
suivant (1) :

Aux citoyens Députés composant le Comité de Salut public.

Kruthoffer, secrétaire particulier de Mercy-Argenteau, ci-devant
ambassadeur de l'Empereur, est resté en France pour expédier les
effets de la mission Impériale ainsi que le *citoyen Maison* resta
à Vienne pour expédier ceux de la mission française.

Il avait été convenu entre les Gouvernements respectifs que la
plus parfaite réciprocité serait observée à l'égard des ambassadeurs, de leur suite et de leurs propriétés. Le citoyen Maison
éprouva les effets de cet arrangement.

Après le pillage de la maison de campagne de Mercy, Kruthoffer
demanda des passeports ; il n'obtint que la permission verbale

(1) Autriche 304, folio 79.

d'expédier à la charge de payer les droits de sortie, et de ne pouvoir exporter ni vaisselle, ni fusils de chasse, ni des laines de matelas : cette permission a été révoquée après deux expéditions d'effets.

Le Département de Paris a voulu traiter Mercy comme émigré : rappellé (*sic*) par l'Empereur, il l'aurait été à son égard, s'il était resté en France. Cependant le Département fit mettre les scellés sur les effets de la mission Impériale, et disposa de la maison dont Mercy est propriétaire à vie pour y placer la première division des Bureaux de la guerre ; mieux informé, le Département rapporta son arrêté, le 20 avril 1793 (v. s.), en rendant hommage aux principes immuables du Droit des gens ; mais il ne fit pas lever les scellés qui subsistent encore aujourd'hui. Les bureaux restèrent dans la maison de Mercy, de l'agrément de Kruthoffer qui l'offrit au Ministre de la guerre pour cette destination, à condition d'y conserver son logement et ceux des gens attachés à Mercy, et d'un arrangement futur pour la location.

Le 17 octobre 1793 (v. s.), Kruthoffer, avec Dunckel et Pauer, chargés de le seconder dans ses opérations, ont été mis en état d'arrestation comme étrangers ; il a adressé souvent ses réclamations au citoyen Ministre des affaires étrangères, qui lui a fait répondre verbalement qu'il en avait fait le rapport au Comité de Salut public. Depuis cinq mois, rien n'a été statué à son égard.

Le 2 germinal, le citoyen Ministre de la guerre a ordonné à Kruthoffer de sortir dans les vingt-quatre heures de la maison de Mercy. Il a réclamé contre cet ordre en rappelant qu'il y était logé, non à titre de faveur, mais par ordre du propriétaire. Voici l'original de la réponse que vient de lui faire ce ministre (1) : il s'interdit toute réflexion, et il s'en rapporte à celles que le Comité fera dans sa sagesse.

(1) Kruthoffer envoyait au Comité la lettre do Bouchotte du 3 germinal, que nous reproduisons ci-dessus.

Kruthoffer, forcé d'obéir, est contraint de prendre à tout prix des logements pour lui et les gens de Mercy. La suspension du paiement des rentes des étrangers et la cessation du change ne lui laissent aucune ressource pour subvenir à cette dépense extraordinaire, ses moyens se trouvant presqu'épuisés par les fraix (*sic*) de sa subsistance, de sa détention, et du gardien de ses scellés qui sont à sa charge. Il supplie le Comité de Salut public de le faire mettre en liberté avec ses collègues pour qu'il puisse terminer les affaires de Mercy, et de lui faire éprouver la réciprocité de traitement promise par le Gouvernement français. En définitif (*sic*), et en attendant la décision sur la mise en liberté, il n'est pas possible que le Ministre de la guerre ait le droit de chasser Kruthoffer et les autres agents de Mercy d'une maison qui appartient à Mercy.

KRUTHOFFER.

Paris, le 7 germinal,
    l'an 2ᵉ de la République Française une et indivisible.

Un rapport fut fait au Comité, qui ajourna la décision en notant : « représenter au rapport ». Nous le reproduisons ci-dessous (1) :

Rapport

12 germinal an II.

Kruthoffer, attaché à Mercy-Argenteau, ci-devant ambassadeur de l'Empereur en France, expose :

Que, resté à Paris pour expédier les effets de la mission Impériale, il ne peut y réussir, l'agence des Domaines Nationaux ne voulant point prendre sur elle d'ordonner la levée des scellés apposés sur lesdits effets.

D'un autre côté, le Directoire du district de Montagne-Bon-Air

(1) Autriche 364, folio 80.

s'occupe à vendre le mobilier de la maison de campagne de Mercy-Argenteau, porté sur la liste des émigrés par l'arrêté du Département de Seine-et-Oise du 26 brumaire.

Il demande en conséquence au Comité de Salut public :

1° La levée des scellés apposés sur lesdits effets et leur restitution au pétitionnaire.

2° Le sursis à la vente des meubles et immeubles de Mercy-Argenteau à Chennevières, district de Montagne-Bon-Air.

3° A l'égard du pétitionnaire et de ses collègues, la réciprocité du traitement accordé à l'ambassadeur de France lors de son départ de Vienne avec sa suite et ses effets.

Il espère que la déclaration de l'Assemblée Législative et les promesses officielles du Pouvoir exécutif ne seront point illusoires ; et que la loyauté française ne se permettra pas d'appliquer suivant la mobilité des événements les principes immuables du Droit des gens.

Il expose que ses demandes ont été jusqu'ici infructueuses ; et que, sans appui, sans secours et sans ressources, conjointement avec ses compatriotes chargés d'expédier les effets de la mission Impériale, ils ne peuvent tous obtenir un changement favorable à leur position fâcheuse que de la justice et de la générosité des membres composant le Comité de Salut public.

Le 11 prairial, nouveau mémoire adressé au Comité, qui rappelle sur bien des points celui de germinal. Il était ainsi conçu (1) :

Mémoire au Comité de Salut public.

Kruthoffer, secrétaire de Mercy-Argenteau, ci-devant ambassadeur de l'Empereur en France, est resté à Paris avec ses collègues Dunckel et Pauer pour expédier les effets de la mission Impé-

(1) Autriche 364, folio 88.

riale, lesquels, lors de la déclaration de guerre de la France contre l'Autriche, avaient été mis sous la protection du Droit des gens et de la loyauté française. A cette époque, on convint que *la plus exacte réciprocité de traitement serait observée à l'égard des amsadeurs respectifs, de leurs gens et de leurs effets.*

En vertu de cet arrangement, le citoyen Maison exporta de Vienne tous les effets de la mission française, et y jouit constamment de la protection du Droit des gens.

En France, la maison de campagne de Mercy a été pillée. Kruthoffer sollicita inutilement des passeports ; *on lui permit seulement d'expédier à la charge de payer les droits de sortie des vins, et de ne pouvoir exporter ni vaisselle, ni fusils de chasse, ni des laines de matelas.* Cette permission presque aussitôt révoquée ne servit qu'à deux envois.

Le Département de Paris, en appliquant à Mercy la loi décrétée sur les émigrés, fit apposer les scellés sur ses effets et s'empara de sa maison pour y placer la première division des Bureaux de la guerre ; mais, mieux informé, il rapporta ses arrêtés par celui du 20 avril 1793 (v. s.), en invitant le Ministre de la guerre à lui indiquer une autre maison propre à recevoir lesdits bureaux. Pour en éviter le déplacement nuisible au service de la chose publique, Kruthoffer s'empressa d'offrir audit Ministre la maison de Mercy, *sous la condition d'un arrangement futur pour la location, et que les personnes logées par le propriétaire à vie y conserveraient leurs chambres.* Cette proposition a été acceptée, et les bureaux ne furent point déplacés.

Le Département de Paris avait reconnu la double qualité d'étranger et d'ambassadeur qui mettait Mercy à l'abri de la loi sur les émigrés, et la prompte levée des scellés devait en être la suite ; cependant, malgré des sollicitations suivies pendant six mois, le citoyen Lhuillier, ci-devant agent national près dudit Département, s'y opposa constamment par des motifs qu'il serait superflu de caractériser.

Le 17 octobre 1793 (v. s.), en vertu du décret concernant les étrangers, Kruthoffer, Dunckel et Pauer ont été mis en état d'arrestation : leur détention dure depuis près de huit mois avec des fraix (*sic*) qui épuisent leurs moyens de subsistance.

Kruthoffer a adressé plusieurs mémoires au Ministre des affaires étrangères, mais sans succès ; celui de la guerre l'ayant expulsé de la maison de Mercy, en violant l'arrangement rapporté ci-dessus, Kruthoffer adressa au Comité de Salut public deux mémoires en date des 7 et 28 germinal, par lesquels il réclame *sa liberté, celle de ses collègues, l'exécution de l'arrangement éventuel fait au sujet de la maison de Mercy, la levée des scellés apposés sur leur mobilier et sur celui de la mission Impériale dont le Département s'est emparé, et qu'il a fait transporter dans la maison nationale dite d'Harvelay, rue Ceruti, les passeports en franchise pour l'expédition desdits mobiliers ; enfin l'exacte réciprocité de traitement promise par le Gouvernement français,* dont le ci-devant ambassadeur de France à Vienne et ses gens ont depuis longtemps ressenti les effets.

Kruthoffer ayant appris dans les bureaux du Comité de Salut public que ses mémoires avaient été remis à la Commission des relations étrangères (1) pour en faire le rapport, il s'y est adressé ; mais le citoyen Miot, secrétaire général de ladite Commission, vient de lui faire savoir qu'elle ne se mêlait nullement des affaires de Kruthoffer, lequel devait retourner aux Comités de Salut public et de Sûreté générale pour en solliciter la décision.

La loi du 12 ventôse attribuant au Comité de Salut public la connaissance de tout ce qui concerne la diplomatie, Kruthoffer

---

(1) Celle-ci remplaça le ministre des affaires étrangères lors de la suppression des ministères.

y porte de nouveau ses réclamations, persuadé comme il doit l'être que la justice dudit Comité, en faisant droit à ses demandes, lui fera enfin éprouver un traitement avoué par le Droit des gens et digne de la loyauté française.

KRUTHOFFER.

Paris, le 11 prairial,
l'an 2ᵉ de la République Française une et indivisible.

P.-S. — Kruthoffer apprend à l'instant que la Commission des relations étrangères croit ne devoir rien faire, parce que les mémoires dont il est question lui ont été renvoyés simplement sans l'ordre formel d'en faire le rapport au Comité de Salut public.

K.

Le 13 prairial, ce mémoire fut envoyé à la commission des relations extérieures (1) pour faire son rapport, le Comité conseillant de « faire un très court rapport, d'après les lettres et rapports antérieurs qui expliquent cette affaire ».

Celui-ci fut-il fait ? On n'en trouve pas trace dans les archives. Toujours est-il que Kruthoffer demeura en prison, et les biens de Mercy restèrent confisqués. Au surplus ce n'était pas l'heure d'attirer l'attention sur soi, même si l'on avait quelque droit à obtenir justice. Pendant quelques mois, Kruthoffer ne réclama pas ; c'est la période de la Grande Terreur, et il semble que les biens de Mercy vont être vendus et liquidés comme biens nationaux. Seul un changement politique pourrait modifier la situation.

(1) On employait alors tantôt l'expression « Commission des relations étrangères », tantôt l'expression « Commission des relations extérieures ».

CHAPITRE III

M. de Mercy obtient justice.

Du 9 thermidor date, on le sait, une nouvelle ère dans l'histoire de la Révolution. La réaction thermidorienne s'affirma de suite dans tous les domaines ; les lois d'exception furent peu à peu rapportées, ou tout au moins adoucies, et, dans leur application, on se préoccupa un peu plus de la légalité. Kruthoffer n'allait-il pas sentir les effets de cette évolution, et obtenir enfin la justice qu'il attendait depuis si long-temps ?

Au surplus, d'autres considérations intervenaient. M. de Mercy, qui avait grand crédit en Autriche, avait agi auprès de son Gouvernement ; et celui-ci, qui traitait vers la fin de l'an II avec la France au sujet d'un cartel d'échanges de prisonniers de guerre, insista pour obtenir une solution favorable aux difficultés rencontrées par l'ex-mission Impériale. A ce sujet, la commission des relations extérieures fit au Comité de Salut public le rapport suivant (1) :

Rapport pour le Comité de Salut public concernant la demande de la Commission autrichienne pour les échanges de statuer au préalable sur le sort de la suite et des effets de la ci-devant ambassade Impériale en France.

La Commission de l'organisation et du mouvement des armées de terre m'a communiqué l'extrait ci-joint d'une lettre (2) que

(1) Autriche 304, folios 96, 97 et 98.

(2) Cette lettre ne faisait qu'exposer la demande de la Commission autrichienne, demande que la suite du rapport explique suffisamment.

la Commission Impériale et Royale établie pour les échanges des prisonniers de guerre a écrite à la Commission française établie pour le même objet. Cette Commission m'a mandé en même temps que la Commission autrichienne, avant que de rien statuer sur le sort de nos frères d'armes, voudrait qu'on fît droit à ses réclamations sur les effets laissés par l'ambassadeur d'Allemagne, lors de sa retraite du territoire de la République, et en conséquence elle m'a invitée de la mettre à portée de faire à ce sujet une réponse à la Commission autrichienne.

La demande de la Commission autrichienne présente les questions suivantes à examiner :

1° Convient-il de comprendre dans un cartel d'échanges de prisonniers de guerre les personnes de la suite de la ci-devant ambassade Impériale, détenues ici en vertu de la loi contre les étrangers, ainsi que les effets que Mercy-Argenteau, dernier ambassadeur de la Cour de Vienne, a laissés en France lors de son départ ?

2° Quels sont les principes du Droit des gens par rapport aux ambassades lorsqu'il survient une guerre ?

La discussion de la première question n'est pas de ma compétence, puisqu'il ne m'appartient pas d'approfondir s'il est convenable et utile de faire entrer dans une convention militaire des objets purement civils et politiques. Je crois seulement devoir me borner à observer au Comité que, lorsqu'à l'occasion de la rupture entre la France et l'Autriche le chargé des affaires de Vienne demanda à l'Assemblée nationale Législative un décret pour mettre les personnes et les effets de la mission Impériale sous la protection du Droit des gens, cette assemblée passa à l'ordre du jour, motivé sur ce que cette demande manifestait un doute injurieux à l'honneur national, et que les individus que l'on désire de faire comprendre dans le cartel d'échanges sont précisément ceux que Mercy-Argenteau, dernier ambassadeur de Vienne, a laissés ici pour veiller à ses biens et effets.

Quant à la seconde question, il est hors de doute que, lorsqu'il est survenu une guerre entre deux Nations, l'ambassadeur de la Nation avec laquelle on a rompu, ainsi que ses gens et ses effets, sont sous la protection du Droit des gens dont le principal caractère est la sûreté des personnes et des choses. Le principe de ce droit de convenances des Nations repose sur l'indépendance nationale, et les conséquences en sont que les ambassadeurs reconnus des Nations doivent jouir de toutes les prérogatives que leur assurent cette indépendance et le respect qu'ont les Nations pour leurs droits respectifs.

Lors de la rupture avec la Maison d'Autriche, Mercy-Argenteau était son ambassadeur reconnu en France. Par conséquent lui, ses effets, et ses gens doivent jouir de tous les avantages que leur accorde le Droit des gens. Mais Mercy-Argenteau avait en France une double existence, celle d'un ambassadeur et celle d'un étranger, propriétaire de terres. Les effets du Droit des gens à l'égard des ambassadeurs ne regardent que les personnes et les effets meubles des ambassades, et nullement les immeubles qu'ils ont pu acquérir sur le territoire de la puissance auprès de laquelle ils résident. Ainsi Mercy-Argenteau ne peut point invoquer les droits des ambassades pour les biens immeubles qu'il possède sur le sol de la République, et il doit à cet égard être traité comme les autres étrangers possesseurs d'immeubles en France. Plusieurs lois ont ordonné le séquestre des biens des étrangers avec le Gouvernement desquels la République est en guerre. Ces lois me paraissent entièrement applicables aux possessions immobiliaires (*sic*) en France de Mercy-Argenteau. Cet ex-ambassadeur ne peut donc réclamer conformément au Droit des gens que la liberté des gens de sa suite, leur sortie de la République, ainsi que celle de ses effets mobiliers.

Cependant je dois rappeler ici au Comité que la Cour de Vienne, qui invoque le Droit des gens en faveur de la suite et des biens de Mercy-Argenteau, l'a cruellement outrepassé en plusieurs occasions, et nommément aussi dans les citoyens Maret et Sémonville auxquels la République avait confié des missions dans l'étranger. Ces citoyens, envoyés par la République avec un caractère public, ont été arrêtés par ordre du Cabinet de Vienne et conduits dans une place forte où ils sont toujours détenus. Leur sort mérite, sans contredit, autant de considération que celui des gens de la suite de l'ex-ambassade de Vienne, et le Droit des gens milite aussi en leur faveur.

Dans cet état des choses, je crois devoir proposer au Comité, si toutefois il juge convenable de faire comprendre dans un cartel d'échanges de prisonniers de guerre des individus de l'état civil et diplomatique, le projet d'arrêté suivant :

Projet d'arrêté.

Le Comité de Salut public de la Convention nationale, sur le rapport qui lui a été fait par le Commissaire des relations extérieures concernant la demande de la Commission autrichienne pour les échanges de prisonniers de guerre de statuer au préalable sur le sort de la suite et des effets de la ci-devant ambassade Impériale de France,

Considérant que le Droit des gens qu'invoque la Commission autrichienne en faveur des gens de la suite et des effets de la ci-devant ambassade Impériale a été enfreint dans plus d'une occasion par la Cour de Vienne, et nommément aussi dans les personnes des citoyens Maret et Sémonville qui, quoique revêtus d'un caractère public, furent arrêtés par ses ordres et confinés dans une place forte,

Arrête, après avoir délibéré :

Que la Commission de l'organisation et du mouvement des armées de terre est autorisée de répondre à notre Commission pour les échanges, établie à Anvers, qu'elle pourra comprendre dans le cartel d'échanges les gens de la suite et les effets de la ci-devant ambassade Impériale qui sont restés à Paris, sous la condition expresse cependant que les citoyens Maret et Sémonville, leur suite et leurs effets y soient également compris par droit de réciprocité ; qu'en conséquence, la Commission pour les échanges établie à Anvers fera cette proposition en réponse à la lettre qu'elle avait reçue le 8 juin 1794 (v. st.) de la Commission Impériale.

D'autre part, le 30 frimaire an III, Kruthoffer présentait un mémoire au Comité de Salut public pour rappeler et préciser ses demandes. Nous le reproduisons ci-dessous, en négligeant pourtant une partie de l'instruction qui l'accompagnait, parce que celle-ci reprenait à peu près littéralement le mémoire du 16 septembre 1793 (1).

Aux citoyens Représentants, composant le Comité de Salut public de la Convention nationale.

Kruthoffer, attaché à Mercy-Argenteau, ci-devant ambassadeur de l'Empereur en France, expose :

Que, resté en cette capitale pour expédier les effets de la mission Impériale, il ne peut s'en acquitter à cause des obstacles détaillés dans l'instruction ci-jointe ;

Que le bureau de l'agence des Domaines Nationaux ne peut prendre sur lui d'ordonner la levée des scellés apposés sur lesdits effets ;

____

(1) Autriche 364, folio 101.

Que le Directoire du district de Montagne-Bon-Air s'occupe
depuis le 25 de ce mois à vendre le mobilier de la maison de
campagne de Mercy-Argenteau, porté sur la liste des émigrés par
l'arrêté du Département de Seine-et-Oise du 26 brumaire ;

Que la Commission des relations extérieures a fait son rapport
au Comité de Salut public sur les réclamations du pétitionnaire.

Demande en conséquence que le Comité de Salut public veuille
bien ordonner :

1° la levée des scellés apposés sur lesdits effets et leur restitution au pétitionnaire.

2° le sursis à la vente des meubles et immeubles de Mercy-Argenteau à Chennevières, commune de Conflans-Sainte-Honorine,
district de Montagne-Bon-Air, département de Seine-et-Oise.

3° à l'égard du pétitionnaire et de ses collègues, la réciprocité
du traitement accordé à l'ambassadeur de France lors de son
départ de Vienne avec sa suite et ses effets.

Kruthoffer.
rue Taitbout, n° 36.
Section du Mont-Blanc.

Paris, le 30 frimaire,
    l'an 3ᵉ de la République Française une et indivisible.

Instruction (1)

. . . .

(Cette partie de l'instruction est relative aux événements compris
entre 1791 ét 1793, qui ont déjà fait l'objet de plusieurs mémoires. La
fin de la partie que nous omettons a trait notamment à l'arrêté du
20 avril 1793, dont le réclamant n'avait pu obtenir l'exécution).

. . . .

(1) **Autriche 364**, folios 102 et 103.

Les choses en était (*sic*) là, lorsque la Convention nationale rendit les décrets concernant les étrangers. Le Directoire du Département de Paris ne tarda pas à faire exécuter les dispositions rigoureuses desdits décrets, et, aux scellés déjà apposés sur les effets de Mercy-Argenteau, le Comité révolutionnaire de la section du Mont-Blanc, par l'ordre dudit Directoire, en fit mettre également sur les effets du soussigné, de son collègue Dunckel, et du nommé Sébastien Pauer, sommelier, qui tous trois ont été ensuite mis en état d'arrestation dans la maison de Dreneux, n° 52, rue de Provence, où ils ont été détenus pendant douze mois jusqu'au 19 vendémiaire, jour où le Comité de Sûreté générale de la Convention nationale a ordonné leur mise en liberté avec la restitution de leurs effets.

Pendant leur détention, le Directoire du district de Montagne-Bon-Air s'est emparé des maisons et biens que Mercy-Argenteau possède dans la municipalité de Conflans-Sainte-Honorine. Le Département de Seine-et-Oise, par son arrêté du 26 brumaire dernier (1), en homologuant la délibération dudit Directoire, a ordonné que le nom de Mercy-Argenteau sera inscrit sur la liste des émigrés, que l'agence nationale prendra la régie et l'administration desdits biens, et que, sous le plus bref délai, *il sera procédé à la vente des meubles et effets ainsi que des immeubles.*

Tel est l'exposé fidèle du traitement que, depuis la déclaration de guerre, Mercy-Argenteau a éprouvé en France, relativement aux effets et aux personnes que des circonstances impérieuses l'avaient forcé de laisser en cette capitale. Il suffit d'en suivre les détails pour être convaincu de la justice de ses réclamations. Il serait superflu de démontrer ici que les décrets concernant les étrangers ne sauraient lui être appliqués, parce qu'ayant déployé un caractère public en France il ne peut être rangé dans la classe

(1) En fait il s'agit du 26 brumaire an II.

des simples étrangers, auxquels l'hospitalité peut être retirée ou accordée sous telles conditions que des circonstances particulières ou des raisons politiques peuvent commander.

Le soussigné et ses collègues, quoiqu'étrangers aux affaires diplomatiques dans leurs fonctions respectives, ne sont restés en France que pour expédier les effets de la mission Impériale, et, tant que leur objet n'est point rempli, ils devraient participer à la protection du Droit des gens dont jouissait ladite mission.

Les détails contenus dans ce mémoire prouvent que la non-exécution de la commission dont ils sont chargés ne peut leur être imputée. Le refus des passeports et l'apposition des scellés sur les effets de ladite mission ont multiplié autour d'eux des obstacles qu'il n'était pas en leur pouvoir de surmonter ; leur détention y avait mis le comble.

Cependant le soussigné ne peut se persuader que la déclaration de l'Assemblée Législative et les promesses officielles du pouvoir exécutif du Gouvernement français puissent être illusoires, et que la loyauté française veuille se permettre d'interpréter et d'appliquer, suivant la mobilité des événements, les principes immuables du Droit des gens qui ont motivé lesdites déclarations et promesses. S'il en était autrement, Mercy-Argenteau aurait à regretter la confiance qu'il devait avoir dans tout ce qui émanait de l'Assemblée des Représentants d'une Nation généreuse, confiance que surtout à la glorieuse époque de sa régénération il ne pouvait refuser aux déclarations officielles du Gouvernement français sans manifester un doute injurieux à l'honneur national. En ce cas, Mercy-Argenteau deviendrait la victime de cette confiance, de sa bonne foi, et de sa prédilection pour un pays où pendant vingt-quatre ans il a rempli sa mission avec honneur et loyauté.

Le soussigné a adressé ses justes réclamations au Ministère des affaires étrangères. Ses démarches multipliées ont été infructueuses. Sans appui, sans secours, et sans ressources, il ne peut

se promettre un changement favorable à la position fâcheuse où
il se trouve que de la justice et de la générosité nationales, et il
ose se flatter que sa confiance ne sera pas trompée.

KRUTHOFFER.

rue Taitbout, n° 36.

Section du Mont-Blanc.

Paris, le 30 frimaire,
        l'an 3° de la République Française une et indivisible.

Cette fois le Comité sembla s'occuper de la question, et renvoya le
mémoire à la commission des relations extérieures, le 2 nivôse, « pour
faire un prompt rapport ». Cependant les administrations locales,
n'ayant pas reçu d'ordres supérieurs, continuaient à considérer les
propriétés de Mercy comme biens nationaux ; c'était le cas notamment
du district de Montagne-Bon-Air. Dès le 9 frimaire, Kruthoffer avait
protesté, et sollicité des ordres du Comité par la lettre ci-dessous (1) :

Aux citoyens Représentants composant le Comité de Salut public
de la Convention nationale.

Le citoyen Kruthoffer, chargé de l'expédition des effets de la
ci-devant mission Impériale, expose :

Que le Directoire du district de Montagne-Bon-Air, en préten-
dant appliquer à Mercy-Argenteau la loi sur les émigrés, s'est
emparé de la maison de campagne de cet ambassadeur et d'une
maison bourgeoise dont il est propriétaire, l'une située à Chennevières et l'autre à Conflans-Sainte-Honorine, près Pontoise ;

Que le Département de Seine-et-Oise, par son arrêté du 26 brumaire dernier, en homologuant la délibération dudit district, a
ordonné l'inscription du nom de Mercy-Argenteau sur la liste
des émigrés, que l'agence nationale prendra la régie et l'administration de ses biens, et que sous le plus bref délai il sera pro-

(1) Autriche 364, folio 104.

cédé à la vente des meubles et effets ainsi que des immeubles ;

Que le Département de Paris, ayant d'abord pris de semblables mesures, a rapporté ensuite son arrêté par celui du 20 avril 1793 (v. st.), par respect pour le Droit des gens et pour la déclaration de l'Assemblée Législative, qui avait mis les propriétés de cet ambassadeur sous la sauvegarde de la loyauté française.

Demande, en conséquence, que le Comité de Salut public veuille bien ordonner au Directoire du département de Seine-et-Oise, et par suite à celui du district de Montagne-Bon-Air, ainsi qu'à l'agence nationale, de suspendre leurs opérations jusqu'à ce que, suivant le décret du 12 germinal qui lui attribue la connaissance exclusive de tout ce qui concerne les relations étrangères, il ait prononcé sur la question, si un étranger qui a résidé en France en qualité de Ministre d'une Puissance étrangère, et qui en est sorti revêtu de cette qualité avec les passeports du Gouvernement, peut être rangé dans la classe des émigrés.

Kruthoffer.
rue Taitbout, n° 36.
Section du Mont-Blanc.

Paris, le 9 frimaire,
l'an 3° de la République Française une et indivisible.

La lettre fut renvoyée le 25 à la commission des relations extérieures (1) ; celle-ci, à qui l'on transmettait ainsi les demandes pour avis, recevait aussi des mémoires de Kruthoffer, ce dernier insistant auprès d'elle pour obtenir un projet d'arrêté qui serait soumis au Comité de Salut public. C'est ainsi que, les 14 et 21 frimaire an III, il lui adressait deux notes relatives à ses deux mémoires déposés au Comité : nous les reproduisons ci-dessous (2).

---

(1) Celle-ci envoya rapidement son avis, puisqu'on trouve inscrit en marge : « reçu le 6 nivôse, à joindre aux pièces y relatives, un rapport ayant été fait au Comité de S. P. sur d'autres pièces contenant la même réclamation. »

(2) Autriche 364, folios 105 et 106.

Au citoyen Miot, commissaire des relations extérieures (1).

Kruthoffer, secrétaire du ci-devant ambassadeur de l'Empereur, resté en France pour expédier les effets de la mission Impériale, expose :

Qu'après une détention de douze mois, le Comité de Sûreté générale de la Convention nationale a ordonné sa mise en liberté avec la restitution de ses meubles et effets saisis lors de son arrestation ;

Qu'il ne peut s'acquitter de la commission qui l'a retenu en cette capitale, parce que les effets de la mission Impériale sont encore sous les scellés apposés par ordre du Département de Paris ;

Qu'à cet égard il doit rappeler les faits et les circonstances qui ont motivé les réclamations que, depuis le commencement de l'année 1793 (v. s.), il n'a cessé d'adresser à la Commission des relations extérieures, savoir :

Que, lors de la déclaration de guerre, sur la demande d'un décret formel de protection pour la mission Impériale, l'Assemblée Législative, dans sa séance du samedi matin 21 avril 1792 (v. s.), passa à l'ordre du jour, motivé sur la soumission du Peuple français à la loi, et sur son attachement inviolable au Droit sacré des gens ;

Qu'en conséquence, il a été convenu entre les gouvernements respectifs que la plus exacte réciprocité serait la mesure des traitements à accorder à leurs ambassadeurs ;

Qu'en vertu de cet arrangement, l'ambassadeur de France quitta Vienne avec ses gens et avec tous ses effets, muni de passeports en franchise et sans le moindre retard ni obstacle ;

Que, sa maison de campagne ayant été pillée (perte évaluée à plus de cinquante mille francs), Mercy-Argenteau fit solliciter les

---

(1) On trouve, inscrite en marge, la note suivante : « prendre ce qui a été fait précédemment à ce sujet, rédiger un rapport pour le commissaire, en rédiger un autre pour le Comité, avec un projet d'arrêté conforme aux résultats que présentera le rapport. »

passeports pour l'expédition des effets échappés au pillage et de ceux de sa maison de Paris, mais que le Gouvernement français a seulement permis d'expédier à condition de payer les droits de sortie des vins et de ne pouvoir exporter ni vaisselle, ni des fusils de chasse, ni des laines en meubles et en matelas ; permission qui n'a servi qu'à deux envois de vins dont les droits de sortie ont été acquittés ;

Qu'ensuite le Département de Paris, voulant appliquer à Mercy-Argenteau la loi sur les émigrés, a fait apposer les scellés sur ses effets en mettant la maison de cet ex-ambassadeur à la disposition du Ministre de la guerre pour y établir une division de ses Bureaux ;

Que, le 20 avril 1793 (v. s.), ledit Département rapporta son arrêté comme contraire aux principes du Droit des gens ; mais que le citoyen Lhuillier, alors procureur général syndic, s'est constamment refusé à ordonner la levée des scellés, refus qui a rendu illusoires les dispositions de l'arrêté dudit Département ;

Que, le 26 brumaire dernier, le Département de Seine-et-Oise, en suivant la même marche, a arrêté l'inscription du nom de Mercy-Argenteau sur la liste des émigrés, en ordonnant à l'agence nationale du district de Montagne-Bon-Air de prendre la régie et l'administration des maisons et biens que cet ex-ambassadeur possède dans la municipalité de Conflans-Honorine, *et de procéder, sous le plus bref délai, à la vente des* meubles et effets, ainsi que des immeubles ;

Demande en conséquence que le citoyen commissaire des relations extérieures, en faisant droit à ses justes réclamations, veuille bien prendre, dans sa sagesse, les mesures qui lui paraîtront les plus propres à conserver les propriétés de Mercy-Argenteau, et à le faire jouir de la réciprocité du traitement accordé par le Gouvernement autrichien à l'ambassadeur de France, conformément à la convention formelle faite à cet égard et fondée sur la déclaration de l'Assemblée Législative rapportée ci-dessus.

KRUTHOFFER,

rue Taitbout, n° 36.
Section du Mont-Blanc.

Paris, le 14 frimaire,
l'an 3e de la République Française une et indivisible.

Au citoyen Miot, commissaire des relations extérieures.

Kruthoffer, attaché à Mercy-Argenteau, ci-devant ambassadeur de l'Empereur en France, expose :

Qu'il vient d'être informé que le Directoire du district de Montagne-Bon-Air a ordonné la vente du mobilier de la maison que Mercy-Argenteau possède au hameau de Chennevières, commune de Conflans-Honorine, et que l'annonce de cette vente, *fixée au 25 frimaire prochain*, a été affichée dans l'étendue de ladite commune.

Demande en conséquence que le citoyen commissaire veuille bien interposer ses bons offices pour qu'il soit ordonné promptement audit Directoire du district de Montagne-Bon-Air et à tous ceux qu'il appartiendra de surseoir à la vente annoncée jusqu'à ce que le Comité de Salut public de la Convention nationale ait prononcé sur le fond des réclamations du pétitionnaire.

KRUTHOFFER,
rue Taitbout, n° 36,
Section du Mont-Blanc.

Paris, le 21 frimaire,
l'an 3e de la République Française une et indivisible.

Le 26 frimaire, la commission, que le Comité en avait chargée, et qui était assiégée d'autre part par les réclamations de Kruthoffer, déposait son rapport et soumettait un projet d'arrêté : le tout était ainsi conçu (1) :

Relations extérieures.
3ᵉ Bureau.

**Rapport
pour le Comité de Salut public.**

Le 26 frimaire, l'an III de la République.

Kruthoffer, secrétaire particulier de Mercy-Argenteau, ci-devant ambassadeur de l'Empereur en France, a présenté à différents intervalles, depuis environ dix-huit mois, plusieurs mémoires, tant au Comité de Salut public qu'au ci-devant Conseil exécutif, tendant à obtenir la levée des scellés apposés d'après un arrêté du Département de Paris sur les meubles et effets de Mercy-Argenteau, auquel on avait appliqué la loi sur les émigrés.

Il fut reconnu que Mercy-Argenteau, sous le double rapport d'ambassadeur et d'étranger, ne pouvait point être considéré comme émigré ; le Département de Paris, alors, rapporta son arrêté par un autre du 20 juin 1793 (v. s.), mais celui-ci est resté jusqu'à présent sans exécution (2).

Plusieurs rapports ont été faits sur ces différentes demandes.

Quant à celle relative à l'exécution du dernier arrêté du Département de Paris, le Conseil exécutif, conformément aux principes *du Droit des gens*, était sur le point d'ordonner la levée des scellés en question, lorsque le ci-devant ministre Lebrun opposa les traitements qu'éprouvaient les Français en Allemagne ; qu'il avait des preuves particulières et multipliées de ces outrages et vexations, tandis que des Allemands séjournaient paisiblement en France.

(1) Autriche 364, folios 107-108-109.
(2) Notons que l'arrêté est du 20 avril, et non du 20 juin.

D'après ce parallèle de la conduite des deux Gouvernements, le Conseil se décida, sur ces observations, à user d'une sorte de représailles, et la levée des scellés de l'ex-ambassadeur Impérial fut suspendue.

A chaque mutation dans le ci-devant Département des affaires étrangères, Kruthoffer a reproduit ses réclamations qui sont toujours restées sans effet.

Quelque temps après il fut incarcéré, et aujourd'hui, remis en liberté, il présente un autre mémoire par lequel il renouvelle ses demandes antérieures, c'est-à-dire l'exécution du deuxième arrêté du Département de Paris, ci-dessus relaté.

Il y ajoute une nouvelle demande, laquelle a pour objet d'arrêter l'effet des actes du Département de Seine-et-Oise qui, tout récemment, vient d'inscrire Mercy-Argenteau sur la liste des émigrés, a fait en conséquence apposer les scellés sur ses meubles dans la municipalité de Conflans-Honorine, en a affiché la vente prochaine ainsi que celle des biens-fonds que cet étranger y possède.

Kruthoffer n'ayant pas les moyens de faire valoir aussi promptement que le cas l'exige les principes du *Droit des gens* à l'égard de Mercy-Argenteau, il se présente de nouveau à la Commission des relations extérieures pour qu'elle lui obtienne du Comité une décision à ce sujet.

La Commission, ayant examiné les demandes faites au nom de Mercy-Argenteau, expose au Comité de Salut public :

1° que, suivant les principes du *Droit des gens* invoqué, les scellés n'ont point dû être apposés sur les effets de Mercy-Argenteau, considéré comme ambassadeur d'un Gouvernement étranger ; que, conséquemment, l'arrêté du Département de Paris, ci-dessus daté, doit avoir son exécution ;

2° que les immeubles de Mercy-Argenteau, considéré comme étranger et d'un pays avec lequel la République est en guerre, ne doivent être assujettis qu'au séquestre, conformément aux loix (*sic*) à ce sujet.

En conséquence, la Commission propose au Comité de Salut public l'arrêté ci-joint :

RELATIONS EXTÉRIEURES.
3ᵉ Bureau.

**Arrêté
pour le Comité de Salut public.**

Le Comité de Salut public, vu le rapport de la Commission des relations extérieures concernant les demandes de Kruthoffer, secrétaire particulier de Mercy-Argenteau, ci-devant ambassadeur de l'Empereur en France, tendantes (*sic*) à obtenir l'exécution de l'arrêté du Département de Paris du 20 juin 1793 (v. st.) et la nullité des opérations du Département de Seine-et-Oise relatives à l'inscription de Mercy-Argenteau sur la liste des émigrés ;

Arrête ce qui suit :

1° Les meubles et effets de Mercy-Argenteau, considéré comme ex-ambassadeur de l'Empereur en France, et ceux des personnes de sa suite ont dû être sous la protection du *Droit des gens* ;

2° les biens-fonds de Mercy-Argenteau en France ne peuvent être soumis qu'au séquestre, selon les décrets rendus sur les étrangers dont le Gouvernement est en guerre avec la République Française.

On trouve aussi, à cette date, un rapport fait par un autre bureau ; une note manuscrite d'un archiviste le date du mois de pluviôse, mais il n'est certainement pas de cette époque, puisqu'il se rapporte aux mémoires présentés en frimaire par Kruthoffer et discute de sa détention qui était terminée à cette époque. Nous le reproduisons ci-dessous (1).

(1) Autriche 304, folios 120 et 121.

RELATIONS EXTÉRIEURES.   **Rapport**
    2ᵉ Division.   **pour le Comité de Salut public.**

Le Comité de Salut public a renvoyé à la Commission des relations extérieures un mémoire que Kruthoffer, secrétaire de Mercy-Argenteau, ci-devant ambassadeur de l'Empereur en France, lui a fait parvenir, et le Comité a ordonné qu'on lui soumît un rapport sur l'objet des demandes contenues dans le mémoire de cet étranger.

1º Il réclame sa liberté et celle de Dunckel et Pauer qui, ainsi que lui, étaient attachés à Mercy ;

2º l'exécution de l'arrangement éventuel fait au sujet de la maison qu'occupait à Paris le ci-devant ambassadeur ;

3º la levée des scellés apposés sur leur mobilier et sur celui de la mission Impériale dont le Département de Paris s'est emparé ;

4º les passeports en franchise pour l'expédition desdits mobiliers ;

5º enfin l'exacte réciprocité de traittement (*sic*) promise par le Gouvernement français, dont le ci-devant ambassadeur de France à Vienne a depuis longtemps ressenti les effets.

La Commission des relations extérieures à laquelle Kruthoffer a précédemment adressé les mêmes réclamations n'a jamais rien pu statuer à leur égard, parce que l'objet de chacune d'elles ne la concerne pas.

Kruthoffer, Dunckel et Pauer ont été arrêtés le 17 octobre de l'année dernière (vieux style), en vertu du décret prononçant cette mesure contre les étrangers.

Attachés à la personne d'un ambassadeur étranger, et d'après la convention passée que la plus exacte réciprocité de traittement serait observée à l'égard des ambassadeurs respectifs, de leurs gens et de leurs effets, ces trois individus laissés ici par Mercy pour veiller au transport de ses effets pouvaient croire avec d'autant plus de raison que les dispositions de la loi ne leur étaient pas applicables, que l'ambassadeur de France et ses gens n'avaient pas été inquiétés à Vienne, et qu'ils avaient eu la liberté de faire parvenir leurs effets en franchise.

Mas les autorités chargés (*sic*) de l'exécution de la loi la leur ayant appliquée, c'était aux législateurs qu'ils devaient adresser leurs réclamations pour en obtenir une exception, s'il y avait eu lieu.

Kruthoffer demande ensuite l'exécution de l'arrangement éventuel fait au sujet de la maison de Mercy, arrangement consistant à laisser cette maison à une des divisions du Département de la guerre qui l'occupait, sous la condition de la louer par la suite et d'y laisser dans la possession de leurs chambres les personnes logées par le propriétaire.

Le Département de Paris, ayant cru devoir appliquer à Mercy la loi décrétée contre les émigrés, fit en conséquence mettre les scellés sur ses effets et s'empara de sa maison ; mais, ayant reconnu ensuite qu'en sa double qualité d'étranger et d'ambassadeur Mercy ne pouvait être considéré comme émigré, le Département rapporta son premier arrêté et en rendit un second pour inviter le Ministre de la guerre à lui désigner une autre maison propre à recevoir ses bureaux ; ce fut alors que Kruthoffer proposa l'arrangement ci-dessus mentionné. Mais ce second arrêté du Département de Paris n'a point eu d'exécution, et, dans l'état actuel des choses, la Commission des relations extérieures ne peut plus poursuivre cette affaire près de lui.

A l'égard des scellés mis sur les effets de Mercy, et dont Kruthoffer réclame la levée, ainsi que des scellés apposés sur ses effets particuliers et ceux de Dunckel et de Pauer, le Conseil exécutif provisoire près duquel il réclama dans le temps contre la mesure du Département de Paris qui les avait ordonnés était sur le point de les faire lever, d'après les principes du Droit des gens, lorsque le Ministre des affaires étrangères s'opposa à l'ordre que ses collègues allaient donner, quoique partageant leur opinion ; et il motiva son opposition sur ce qu'au mépris du Droit des gens invoqué par Kruthoffer le Gouvernement autrichien vexait les Français non émigrés que des affaires avaient conduits sur son territoire, tandis que des Allemands voyageaient et séjournaient en France sans y être inquiétés, sans même être apperçus (*sic*).

D'après ce parallèle de la conduite des deux gouvernements, le Ministre des affaires étrangères ramena ses collègues à son opinion, les scellés ne furent point levés, et il en expliqua les motifs dans une lettre détaillée qu'il écrivit à Kruthoffer, le 12 février 1793 (v. s.).

La Commission des relations extérieures ne peut prendre sur elle d'ordonner la levée de ces scellés, elle ne pourrait également pas, dans le cas où ils le seraient, accorder les passeports en franchise pour l'expédition du mobilier de Mercy.

C'est uniquement au Comité de Salut public à prononcer tant sur ces deux demandes de Kruthoffer que sur sa liberté et celle de Dunckel et de Pauer, qu'il réclame en faveur des égards qu'on a eus à Vienne pour la légation de France.

Le Commissaire national des relations extérieures, ne pouvant donc rien statuer sur l'objet des réclamations de Kruthoffer, a dû se borner à fournir au Comité de Salut public des détails pour servir à fixer son opinion sur les demandes que cet étranger lui a soumises.

De ces deux rapports, celui qui proposait un arrêté au Comité conseillait de maintenir le séquestre sur les biens particuliers du comte de Mercy, conformément aux lois visant les sujets ennemis. Mais celles-ci furent abrogées le 14 nivôse ; il était dès lors tout naturel que Mercy profitât de cette nouvelle mesure. Aussi, le 29 nivôse, le Comité faisait demander un autre rapport à la commission, par la lettre suivante (1) :

29 nivôse an III.

Le Citoyen Miot, commissaire des relations extérieures, est prié de préparer un projet d'arrêté qui règle les demandes légitimes du citoyen Kruthoffer, au nom de Mercy-Argenteau, et qui lève toutes les difficultés sur les séquestres, les effets vendus ou dilapidés, tant à la maison de ville qu'à celle de la campagne.

Il paraît nécessaire aussi de faire statuer sur l'indemnité réclamée pour la maison de Mercy, occupée par la première division des Bureaux de la guerre.

Tout ceci est de la plus grande et pressante importance : et le Droit des gens réclame impérieusement que la loyauté du Gouvernement français ne soit point soupçonnée.

Salut et fraternité.

LIÉBAUD.

Ce 29 nivôse an III.

P.-S. — Il ne suffit pas de renvoyer à l'exécution de la loi sur la levée du séquestre des étrangers. Le Gouvernement doit un arrêté particulier pour un ambassadeur.

La Commission présenta donc un nouveau rapport, le 25 pluviôse. Ses considérants étaient exactement les mêmes que ceux du précédent. Mais le projet d'arrêté était un peu différent, vu la nouvelle législation. Au surplus, cet arrêté fut peut-être légèrement modifié, puisqu'on trouve en note la mention suivante :

____

(1) Autriche 364, folio 111.

« Faire un second rapport, et conclure par la proposition d'ordonner la remise des effets ».

Quoi qu'il en soit, le Comité prit cette fois un arrêté donnant entière satisfaction aux réclamations de Kruthoffer. Celui-ci, en date du 4 ventôse an III, est ainsi conçu (1) :

Arrêté du Comité de Salut public
de la Convention Nationale.

Le Comité de Salut public, vu le rapport de la Commission des relations extérieures sur les demandes de Kruthoffer, secrétaire particulier de Mercy-Argenteau, ex-ambassadeur de l'Empereur en France, tendantes (*sic*) à obtenir en vertu du Droit des gens :

1° la levée des scellés apposés sur les effets de Mercy-Argenteau et sur ceux des personnes de sa suite ;

2° et la levée du séquestre mis sur les biens-fonds par le département de Seine-et-Oise, d'après l'inscription de cet étranger sur la liste des émigrés.

Le Comité, qui reconnait que les principes du Droit des gens ont été méconnus et violés lors de l'apposition des scellés et du séquestre en question ;

Considérant que cette erreur est rectifiée de fait par le décret de la Convention nationale du 14 nivôse dernier, portant qu'il ne sera plus donné de suite aux décrets relatifs au séquestre et au dépôt des biens appartenant aux habitants des pays en guerre avec la République Française ;

Arrête qu'il n'y a pas lieu à délibérer sur ces demandes, et renvoie Monsieur Kruthoffer aux administrations chargées de

---

(1) Autriche 364, folios 122 et 110. Dans ce dernier folio, l'arrêté est daté du 4 nivôse, mais c'est une erreur du copiste, puisqu'il applique la loi *du 14 nivôse*. .

l'exécution du décret ci-dessus cité, pour qu'il soit fait droit à
ses demandes.

Les Membres du Comité de Salut public.

Signé : Cambacérès, Pelet, Merlin (D.-D.),
Carnot, J.-P. Lacombe, Boissy,
J.-P. Chazal, Dubois-Crancé.

Le 17, la commission donnait connaissance de l'arrêté à Kruthoffer par la lettre suivante (1) :

Relations extérieures.
    3ᵉ Bureau.

Paris, le 17 ventôse,
l'an III de la République Française.

La Commission des relations extérieures à M. Kruthoffer,
secrétaire de M. Mercy-Argenteau, ci-devant
ambassadeur de l'Empereur en France.

Le Comité de Salut public, Monsieur, sur le rapport de la Commission des relations extérieures, vient de lui adresser l'arrêté
qu'il a pris, le 4 de ce mois, relativement à vos demandes en levée
des scellés et de séquestre sur les effets et biens-fonds de M. Mercy-
Argenteau.

Cet arrêté porte que le Comité reconnaît que les principes du
Droit des gens ont été violés lors de l'apposition des scellés et du
séquestre sur les biens de M. Mercy-Argenteau, d'après l'inscription de cet ambassadeur étranger sur la liste des émigrés. Mais,
cette erreur étant rectifiée de fait par le décret du 14 nivôse dernier, le Comité de Salut public n'a point eu à délibérer sur vos
réclamations et vous renvoie aux administrations chargées de

____

(1) Autriche 364, folio 123.

l'exécution du décret ci-dessus cité pour qu'il soit fait droit à vos demandes.

La Commission, en vous faisant part des dispositions de cet arrêté, vous annonce, Monsieur, qu'elle le transmet à la Commission des administrations civiles et tribunaux auprès de laquelle vous n'avez plus qu'à suivre l'exécution des lois qui concernent cette affaire.

En même temps qu'elle renvoyait Kruthoffer à la commission des administrations civiles, la commission des relations extérieures annonçait à celle-ci son envoi, par une lettre de même date que voici (1) :

RELATIONS EXTÉRIEURES.
3° Bureau.

Paris, le 17 ventôse,
l'an III de la République Française.

La Commission des relations extérieures à
la Commission des administrations civiles et tribunaux.

La Commission des relations extérieures vous adresse ci-joint, citoyens, copie de l'arrêté du Comité de Salut public du 4 du présent mois par lequel M. Kruthoffer, secrétaire particulier de M. Mercy-Argenteau, ci-devant ambassadeur de l'Empereur en France, est renvoyé devant la Commission des administrations civiles et tribunaux pour l'exécution des lois relatives aux réclamations de M. de Mercy-Argenteau.

La Commission a prévenu M. Kruthoffer de l'envoi qu'elle vous fait de cet arrêté, afin qu'il dirige ses démarches en conséquence et que vous lui procuriez le succès le plus promptement possible.

(1) Autriche 364, folio 124.

La commission des administrations civiles répondit, le 22 (1) :

PREMIÈRE DIVISION.

Paris, le 22 ventôse,
l'an III de la République Française une et indivisible.

La Commission des administration civiles, police, et tribunaux
à la Commission des relations extérieures.

Citoyens, nous avons reçu, avec votre lettre du 17 de ce mois, l'arrêté du Comité de Salut public du 4 relatif au séquestre mis sur les biens-fonds et aux scellés apposés sur les effets de M. Mercy-Argenteau, ex-ambassadeur de l'Empereur en France, ainsi que sur ceux des personnes de sa suite.

Nous venons d'adresser copie de cet arrêté tant à la Commission des revenus nationaux qu'aux Départements de Paris et de Seine-et-Oise.

Salut et Fraternité.

Le chargé provisoire,
AUMONT.

Ainsi donc le droit du comte de Mercy était reconnu, et le pouvoir exécutif s'occupait activement de donner définitive satisfaction au représentant de l'ex-ambassadeur. La levée du séquestre n'était plus qu'une question de jours, et passait désormais sur le plan administratif. Aussi, à partir de cette date, on ne retrouve plus aux archives du ministère des affaires étrangères de réclamations de Kruthoffer ; la question était réglée.

(1) Autriche 364, folio 125.

CONCLUSION

Il avait donc fallu bien longtemps pour que le droit de M. de Mercy
fût reconnu. Et cependant il semble qu'au point de vue juridique la
question se posait assez simplement, si des erreurs administratives
ou le jeu de la politique n'étaient venus l'obscurcir.

En l'an II (1), le ministère des affaires étrangères la jugeait ainsi,
en appliquant les principes du Droit des gens (2).

Observations sur la demande du sieur Kruthoffer, concernant les biens meubles et immeubles du ci-devant ambassadeur Impérial, Comte de Mercy.

Le sieur Kruthoffer, secrétaire particulier du Comte de Mercy,
ci-devant ambassadeur Impérial en France, réclame depuis longtemps la permission d'exporter les effets et biens meubles de cet
ex-ambassadeur, et la protection spéciale pour les biens immeubles
qu'il possède en France. Il appuie sa demande sur le Droit des
gens et sur la conduite qu'a tenue la Cour de Vienne à l'égard
de l'ambassadeur de France, lors de son départ de cette capitale.

Cette affaire s'est embrouillée parce qu'elle a été envisagée sous
un faux point de vue. Le département où sont situés les biens de

---

(1) Une note manuscrite date le mémoire de prairial an III, mais il ne peut
s'agir là que d'une erreur matérielle, évidente à certains détails. Le mémoire parle
en effet de l'arrêté du 20 avril *dernier*, de la loi de septembre *dernier*, du Conseil
exécutif qui n'existait plus en l'an III. D'après les faits exposés, il semble être
du mois de nivôse an II, à peu près.

(2) Autriche 364, folios 136 et 137.

M. de Mercy les a mis sous le séquestre, parce qu'il croyait devoir
lui appliquer les loix (*sic*) concernant les émigrés ; et le Déparment de Paris, conduit par le même motif, a fait apposer les
scellés sur son mobilier et disposer de sa maison à Paris. Ce dernier Département rapporta son arrêté le 20 avril dernier, en mettant
les propriétés de M. de Mercy sous la sauvegarde de la
loi ; mais les scellés ne furent point levés. Les choses en sont restées dans cet état jusqu'à ce moment.

Le sieur Kruthoffer vient d'apprendre au Ministre que le Déparment de Paris a donné l'ordre de dresser l'inventaire des effets
de la mission Impériale, et il ajoute que cette mesure sera probablement suivie de leur vente.

On ne peut point nier que cette affaire, simple en elle-même,
n'ait été mal saisie et mal suivie quant aux mesures d'exécution.
En la ramenant à sa simplicité, il ne sera pas difficile de trouver
les vraies mesures qu'il convient de prendre conformément au
Droit des gens et à notre position actuelle révolutionnaire.

Voici les faits :

M. de Mercy était ambassadeur Impérial au moment de la
déclaration de guerre ; il a quitté ce pays revêtu de ce caractère
public qui le met, ainsi que les personnes attachées à l'ambassade et les effets qui en dépendent, sous la protection du Droit
des gens.

L'Assemblée nationale Législative, sur la demande du chargé
d'affaires de Vienne à l'effet d'obtenir d'elle une assurance formelle que les effets de la mission Impériale et les personnes qui
y seraient attachées resteraient sous la protection du Droit des
gens, passa à l'ordre du jour, motivé que ce serait manifester un
doute injurieux à l'honneur national en n'étant point persuadé
que, même en temps de guerre, les effets et personnes attachés
aux missions étrangères restent toujours sous la sauvegarde de
la loyauté française et de la protection du Droit des gens.

Il résulte de ces faits que les personnes attachées à la ci-devant ambassade Impériale, ainsi que les effets de la mission appartenant soit au Gouvernement qui avait envoyé la mission, soit à l'envoyé, soit aux personnes attachées à la mission, doivent jouir des avantages consacrés par les usages du Droit des gens.

En appliquant ce principe à la mission Impériale, il est incontestable :

1° Que les personnes attachées à cette mission sont dans le cas d'en invoquer l'exécution.

2° Que les effets de cette mission, ainsi que ceux de l'ambassadeur et des personnes de cette mission, doivent être rendus à leurs propriétaires et peuvent être exportés.

Ainsi le Droit des gens est pleinement satisfait lorsque les personnes et les effets de la mission Impériale jouissent des avantages qu'il leur assure, et c'est ce que l'Assemblée Législative a fait.

Mais on confond dans cette affaire deux objets qui sont essentiellement distincts l'un de l'autre : savoir les effets ou biens meubles et les immeubles. La mission Impériale ne possédait point d'immeubles en France, mais seulement du mobilier. Ainsi le Droit des gens que le sieur Kruthoffer invoque ne peut s'appliquer qu'au mobilier. Il est vrai que M. de Mercy est devenu propriétaire de terres en France, mais il n'a pas fait ces acquisitions comme ambassadeur et pour l'ambassade ; il les a faites comme particulier, comme simple étranger, qui alors sans devenir Français pouvait acquérir des immeubles ; il lui a même fallu un arrêté du Conseil pour transmettre ses propriétés à ses héritiers naturels, puisqu'il était aubain. Ces propriétés foncières étaient de plus assujetties à toutes les contributions que payaient les terres ; ainsi M. de Mercy ne jouissait pour ses terres d'aucun privilège particulier comme ambassadeur, tandis qu'en cette qualité il jouissait de l'exemption de toutes les charges personnelles.

Il résulte de ces réflexions que M. de Mercy doit être traité par rapport à ses biens-fonds en France non comme ambassadeur, mais comme simple étranger propriétaire, et on doit lui appliquer quant à ces biens les lois existantes.

Il est donc nécessaire de distraire dans cette affaire le mobilier de l'ambassadeur et les personnes de l'ambassade Impériale des immeubles que possède en France M. de Mercy. En suivant cette marche, l'affaire s'applanit (*sic*), et le Conseil exécutif ne sera plus embarrassé de prononcer. Il pourra suivre le décret du Corps législatif, donner mainlevée de tous les effets et meubles appartenant au ci-devant ambassadeur de Mercy et aux gens attachés à la ci-devant ambassade Impériale, et permettre l'exportation de ces effets et meubles que les lois ne défendent pas d'exporter, sauf à conserver et à vendre ceux dont l'exportation est prohibée. De cette manière on concilierait le Droit des gens avec nos lois révolutionnaires, et on rendrait réciprocité pour la conduite que le Gouvernement de Vienne a tenue dans le temps à l'égard de notre ambassadeur. Quant aux immeubles de M. de Mercy, ils pourront rester sous le séquestre jusqu'à ce que la Convention nationale ait prononcé définitivement sur le sort des biens que possèdent en France les étrangers avec les gouvernements desquels la République est en guerre.

La Convention Nationale avait décrété le 7 septembre dernier (v. st.) que les mesures de représailles décrétées contre les Espagnols le 16 août seraient étendues aux Anglais, et aux autres étrangers contre les despotes desquels la République est en guerre ; mais le décret a été rapporté le 13 du même mois. Cependant, sur la pétition d'un commerçant de Berlin qui réclamait il y a quelque temps un paiement, elle a passé à l'ordre du jour motivé sur l'existence d'une loi qui confisque au profit de la République les biens des étrangers avec les Gouvernements desquels nous sommes en guerre.

Si l'on s'en était tenu à ces principes, la solution fût rapidement intervenue et le Droit eût été respecté. Cependant il n'en fut pas ainsi, nous avons vu pourquoi. En fait, dans la période grave que connut alors la France, environnée de périls extérieurs et déchirée par les luttes intestines, il était inévitable que les situations particulières, quelque respectables qu'elles fussent, n'eussent pu être considérées d'une manière fort juridique. La raison d'Etat, pour des motifs plus impérieux, ne pouvait connaître beaucoup d'exceptions, et les lois s'étendirent à ceux qu'elles ne visaient pas.

Mais nous avons cru que le cas du séquestre des biens de M. de Mercy était particulièrement intéressant et caractéristique de la manière dont furent appliquées ces lois, et qu'il formait par là un commentaire et un complément de notre étude générale sur le séquestre des biens des sujets ennemis en France durant la Révolution. Par la qualité et le renom de l'intéressé, par les discussions juridiques sur la portée des lois de l'émigration, et par les principes généraux du Droit qui étaient mis en cause, ce séquestre apparaît comme un des plus importants et des plus curieux de la période révolutionnaire.

Et les textes que nous publions apportent, nous semble-t-il, quelques précisions sur ce point d'histoire.

VU le 4 Juillet 1929.

*Le Doyen de la Faculté des Lettres
de l'Université de Paris,*
H. DELACROIX.

VU ET PERMIS D'IMPRIMER.

Le Recteur de l'Académie de Paris,
S. CHARLÉTY.

TABLE DES MATIÈRES

Imp. E. Jolibois, S. A. R. L., Bar-le-Duc.